我是个殡葬师,我心情不太好

THE UNDERTAKING

[美] 托马斯·林奇　著

张宗子　译

湖南人民出版社

图书在版编目（CIP）数据

我是个殡葬师，我心情不太好 /（美）托马斯·林奇（Thomas Lynch）著；张宗子译. —长沙：湖南人民出版社，2020. 7

ISBN 978-7-5561-2145-8

I. ①我… Ⅱ. ①托… ②张… Ⅲ. ①散文集—美国—现代 Ⅳ. ①I712.65

中国版本图书馆CIP数据核字（2020）第049726号

THE UNDERTAKING by THOMAS LYNCH
Copyright© 1997 BY THOMAS LYNCH
This edition arranged with RICHARD P. MCDONOUGH-LITERARY AGENT
through BIG APPLE AGENCY，LABUAN，MALAYSIA.
Simplified Chinese edition copyright:
2020 Beijing Xinchang Cultural Media Co.，Ltd.
All rights reserved.

WO SHIGE BINZANGSHI WO XINQING BU TAI HAO

我是个殡葬师，我心情不太好

著　　者：[美]托马斯·林奇
译　　者：张宗子
出版统筹：张宇霖
监　　制：陈　实
产品经理：刘　婷
责任编辑：李思远　田　野
责任校对：曾诗玉
封面设计：韩光毅

出版发行：湖南人民出版社有限责任公司 [http://www.hnppp.com]
地　　址：长沙市营盘东路3号
电　　话：0731-82683357

印　　刷：长沙超峰印刷有限公司
版　　次：2020年7月第1版　2020年7月第1次印刷
开　　本：880 mm × 1230 mm　　1/32
印　　张：7.5
字　　数：150千字
书　　号：ISBN 978-7-5561-2145-8
定　　价：48.00元

营销电话：0731-82683348（如发现印装质量问题请与出版社调换）

献给

丹、帕特、蒂姆、玛丽、朱莉、埃迪、克里斯和布里吉特

纪念我的父母

罗兹玛丽·奥哈拉和爱德华·约瑟夫·林奇

如今，镜子里再没有什么

供你的眼睛捕捉，

我们不再为贫穷所困。

我们宁静的心只为时间而跳动，

而上帝，在光芒里，

如早已允诺的，赐以至福。

       ——简·凯尼恩①

此系众生之泪，死亡之痛，洞贯心肝。

       ——维吉尔②

我发誓我没有枪。真的，我没有枪。

     ——科特·唐纳德·柯本③

我选择了伽蒙特硬木，

黝黑，光洁。启程之时

我们说，她的嘴形

不对。我想，这是一种安慰。

       ——唐纳德·霍尔④

---

　　① 简·凯尼恩（Jane Kenyon，1947—1995），美国女诗人，因白血病去世。——译注（书中注释如无特别说明，均为译注）

　　② 维吉尔（Virgil，前70—前19），古罗马诗人。

　　③ 科特·唐纳德·柯本（Kurt Donald Cobain，1967—1994），美国涅槃乐队主唱，饮弹自杀。

　　④ 唐纳德·霍尔（Donald Hall，1928—2018），美国诗人，他和简·凯尼恩是夫妻。

目 录

译序

美国的公墓算得上一大景观。自小看惯中国乡间坟场的一片"荒草迷离，白杨萧萧"，或因古代诗文小说而留下散碎的"玄夜凄风却倒吹，流萤惹草复沾帏"的想象，乍见此种异域风情，顿有焕然一新的感觉。新建的大型公墓，由于都市地皮日益昂贵，不得不远迁郊野。而过去几百年来的旧墓，逐渐被居民区包围，甚至点缀在闹市一旁。生者与死者比邻而居，和睦相处。累累石碑毫无恐怖阴森气氛，车水马龙也不曾打扰泉下人漫长的安睡。只不过，旧墓毕竟是旧墓，逢年过节，少见亲人鲜花美酒的献祭，更不会有新起一丘，众人肃立寒风中，听牧师喃喃念诵经文的情景。

也因此，行路途中，常常会经过一大片墓地，或在车中匆匆一瞥，或不免驻足片刻。这些墓地无一例外地洁净整齐，不起坟，只立墓碑。一行行墓道笔直延伸，墓碑间碧草丛生。绝大多数墓碑两尺到一米高，简单朴素，镌刻着死者的姓名和生卒年月，加上一句两句怀念或祝愿之言，文字外的花边纹饰也不张扬。年深日久，碑石颜色渐深，质地渐粗，显出沉稳从容的苍老，和新墓碑的光滑亮丽形成鲜明对比。一个墓地总有几处令人瞩目的地方：一些坟墓中的贵族和高官。这些坟墓前矗立着高大精美的石雕像，多半是耶稣和圣母玛利亚，也有天使和古冠厚袍的教士。它们成为一个墓地画龙点睛的妙笔，使得整个墓园像一件似不经意却恰到好处的艺术品，表达的是人类如何看待和对待死亡的主题。

浏览过这些大小和风格各异的墓地，你才能理解为何保罗·瓦雷里在其名作《海滨墓园》中由死亡开始的思索是那么淡定从容，甚至可以说，那么优美，那么轻灵。

瓦雷里眼里的墓园不过是惊鸿一瞥，就像电影《上帝创造了女人》中青春的碧姬·巴铎骑着自行车从海滨墓园边轻驰而过的倩影，对他而言，墓园只是生活中的一个插曲，诗的一个题目，尽管他把这个题目写成了伟大的杰作。对于名气不大的美国诗人托马斯·林奇，墓园不是生活中可有可无的插曲，也不仅仅是一个诗题，那是他生活的一大部分，他赖以为生的领域。对之进行思考，也许还只是茶余饭后的事。因为他是一个殡葬师。

殡葬师和诗人，一个奇怪的搭配。华莱士·史蒂文斯是职业银行家，曾经让我非常惊奇。相比之下，殡仪馆老板的林奇成为诗人，再顺理成章不过。林奇后来回忆说，他兄弟五人，三人开殡仪馆，两个姐妹也在殡仪馆工作，"好像我们是一座家庭农场，不过耕耘的不是普通的土地，而是情感的沃野。我们靠他人的死亡为生，正如医生靠疾病，律师靠罪案，神职人员靠人们对上帝的敬畏"。这是诗意呢，还是荒唐？不管怎么说，他人的死成就了林奇，包括他的生计，也包括他的文学。林奇引起文学界瞩目，批评家首先注意到的就是他异乎寻常的职业，每篇评论文章都不忘提到这一点，事实上，这也确实引起了读者的兴趣，以至于成为他的散文集《我是个殡葬师，我心情不太好》的卖点。

对此，林奇似乎感到啼笑皆非。他在该书的序言中写道："在关于我的书的评论中，人人都会提到我不寻常的职业，意思是说，对于一位殡葬师，写诗真是不坏的事。'殡仪员诗人'或'诗人殡葬师'成了我的标准称呼。黑体字标题想尽量抓住读者的眼球：《观察家》用的是'尸丛文集'，《泰晤士报文学增刊》用的是'请到我的殡仪馆'，《华盛顿邮报》则说，'诗歌深入黄泉'。"但无论如何，《我是个殡葬师，我心情不太好》让林奇狠狠火了一把，影响远远超过他自命为终生事业的诗歌。

托马斯·林奇1948年出生于底特律，他的家庭是爱尔兰移民的后代，父亲爱德华是镇上的殡仪馆老板。林奇读完大学即进入丧葬学校学习，1973年毕业，次年即接手家族在密歇根州小镇米尔福德的殡仪馆，从此开始了他"每年都要埋葬几百个镇上的乡亲"的殡仪员生涯，直到今天。

林奇1972年结婚，育有1女3子，1984年离婚。1991年，他续娶玛丽·塔塔。

在1970年，林奇第一次回到祖国爱尔兰，探望家乡的亲人，在那里读到并喜欢上爱尔兰大作家叶芝和乔伊斯。故乡之行彻底改变了林奇的生活，他找到了自己的精神家园和文学上的根。高祖父在西克莱尔的小屋依然完好，那是他当年结婚时得到的礼物，距今已经一百多年了。林奇以后每年都要回爱尔兰一次，在祖居住上一段日子，和乡人交朋友，阅读、思考、写作。

林奇的主要创作是诗，迄今已出版3部诗集，即《和希瑟·格蕾丝一起溜冰》（1987年）、《老雌猫及其他》（1994年）和《米尔福德的静谧生活》（1998年）。《我是个殡葬师，我心情不太好》是他的第一部散文集，1997年出版即得到广泛好评，获得"中部地区非虚构作品奖"和"美国图书奖"，并进入美国最重要的文学奖奖项"全国图书奖"的决赛。第二年春天，英美文学界评选过去一年出版的文学书籍，散文类中，大家一致推崇的，就是这本薄薄的、由12篇相对独立的文章结集的《我是个殡葬师，我心情不太好》，誉之为"一本前所未有的、新颖有力的作品"。《我是个殡葬师，我心情不太好》已被译为约十种文字。

林奇始终保持着诗人和殡葬师的双重身份。作为诗人，他习惯观察和思考；作为殡葬师，他的观察与思考有着与常人不同的角度，这个角度就是死亡。从死亡的角度看世界、看人生，一切都有了不同的意义。死是一个太大的参照物，大到普通人几乎难以承受，因此，一方面它必然归结为诗和哲学，另一方面，也许是更容易的一方面，它必然归结为宗教。林奇是一个虔诚的天主教徒。这是他的第三重身份，三种身份密不可分。在此基础上，林奇的一些基本理念我们差不多可以推断得出来。在他心目中，所谓人生，其实是由三件大事构成的：出生、死亡，和介于生死之间的婚姻或爱情。爱情和婚姻浑然一体，男人女人在神的祝福下的结合是神圣的。没有婚姻就没有生命的诞生，就没有家庭；没有家庭，没有后代的哀悼和怀念，一个人的死就成了生命真正的结束，死者的一生就变得毫无意义，因为一个人曾经的生活，正是在后人的记忆中才得到肯定和承认的。葬礼实际上就是这么一个对死者盖棺论定的仪式，坟墓则是永恒记忆的物质体现。从生到死是一个完美的循环，婚姻是这个循环的圆心，因为它，生死皆得连绵不断。

林奇的观念，很有点儿中国人"生死事大""慎终追远"的意思。他从宗教和仪式的意义强调，葬礼无论多么隆重，都不过分，因为它涉及的是一个人，我们的亲人，涉及的是一个生命的全部价值。但我们也明白，但凡传统的东西，唯其历史悠久，似都难逃越来越被忽视、越来越淡化的命运。在这种大势面前，亲近传统者无法摆脱内心的失望和悲哀。感叹变成沉痛，沉痛变成自嘲。感叹发自内心，沉痛也未必虚假，但到了嘲讽我们就要小心了，因为它很可能把握不了分寸，变得偏激和强词夺理。细读林奇的书，酸甜苦辣咸五味俱全，瑕不掩瑜。

在《我是个殡葬师，我心情不太好》中，林奇最拿得出手的，是他20多年的独特经验。他是一个职业的死亡观察者。死以五花八门的方式到来，有儿孙满堂的老人心满意足的寿终正寝，有承受不了配偶背叛的中年男子的切齿怒目的自戕，有年轻人一时冲动下的错误选择，有突如其来的疾病，有离奇的意外，有疯子和冷血杀人狂的暴力……从职业的角度，林奇把死亡分为"干净的"和"乱糟糟的"，"干净"和"不干净"不仅意味着现场清理的简便与否，也往往暗示着死亡的自然和非自然，合乎情理和不合乎情理。一个极端的故事是，那位无法忍受妻子和她老板私通却又懦弱得不敢反抗的丈夫，以死展示他一生中唯一的一次刚强：他躺在熟睡的妻子身边，用电动切肉刀割断咽喉，用满床滚烫的血把她惊醒过来。另一个故事则有着令人毛骨悚然、黯然神伤的巧合：一个10岁小姑娘在深夜飞驰的车后座上，被一群孩子恶作剧地从高速公路上方桥上扔下的一块墓石击中胸膛，死于送医院的途中。检视那块致命的石头，墓石上刻着"福斯特"的名字。伤心欲绝的母亲为女儿挑选墓穴，千选万选，选中基督雕像右手所指的一块空地。走过去，父亲发现，紧挨着选中的空地的墓碑上，刻着的死者名字正是福斯特。

通过死而更珍惜生命，更珍惜平凡生活中琐碎的细节，因为那些细节中饱含了亲人的爱和关心。林奇回忆父亲和母亲的部分相当感人，他写到当初离婚后一个人如何照料孩子，为孩子们担忧，以至只要他们不在身边就忧心不已，由此想到父亲在他们幼小时如何严格以待，其实就是因为心里总怀着对伤害生命之意外的恐惧。作为殡葬师，他见过的死亡太多，在寻常人不注意、不觉得危险的地方，他看到了危险。他谨小慎微到近乎病态，因为他有自己的经验为依据，生命在这个世界上远比我们想象的脆弱，死亡确实就那么发生了，以任何方式。

《我是个殡葬师，我心情不太好》不只讲了殡葬的故事，还有诗人的故事。其中一个，讲到一个诗人朋友如何从爱情的打击中恢复过来，重新找到爱情；另一个，讲一个爱尔兰美食家兼诗人，无时无刻不在为可能到来的死亡担忧：怕车祸而一辈子不敢开车，身体的每一次哪怕再细微的不适，他都怀疑自己得了不治之症，为此研究了书上"从字母 A 打头到字母 Z 打头的所有人类已知的疾病"，甚至扩大到动物特有的病症，因为它们某一天也有可能传染给人类。林奇并未笑话这位朋友的杞人忧天，相反，他讲这个故事，正是要说明，出于对生命的爱惜，我们无论多么谨慎都不过分。

坦率地说，林奇不是一个思想深刻的作家，也不是他崇拜的叶芝那样的才华横溢的诗人。《我是个殡葬师，我心情不太好》是一本精彩的书，一本很有意思的书，一本内容实在而奇特的书，但远远不是一本伟大的书。从书中得来的印象，林奇是个相当保守和古板的人，但他诚恳、认真。他的所见所闻，所思所得，尽在书中，好处坏处一目了然。一个人诚恳而认真，可以让人肃然起敬。即使他迂腐、浅薄、见解可笑，我们仍然尊重他，因为一个人怎样思想，那是他自己的权利。只要他真诚，只要他不迎合、不附和、不讨好、不伪饰、不皮里阳秋、不出卖灵魂，我们仍然敬重他。

透过林奇，我们可以知道很多美国人的思想，尤其是作为虔诚天主教徒的爱尔兰移民的思想。这在美国是很有代表性的。他们的一些观点，尽管我们并不苟同，但我们起码明白他们为什么会这么想，理由何在（林奇极端反对堕胎，他的理由是尊重生命，生命是上帝给的，谁都无权剥夺他人的生命，不管以什么方式，以什么名义，出于什么理由，因此，他反对堕胎，正如反对死刑）。但若止于此，林奇就太不足道了。林奇的叙事，如好的小说一样，反映了真实存在着的客观现实。愿意思考的人，现实永远是他思想深刻性的根源。在此意义上，林奇的书对于每一个读者，确实开卷有益。林奇善于讲故事，但故事感人并不表明他在煽情，相反，林奇的叙事相当简洁，虽充满激情却还算有节制，随时插入的议论和抒情，来去自然，有格言的隽永却无格言的造作。他是一个在生活中的人，他的思索也都是关于人生的，如此而已。

在讲述过程中，林奇偶尔会忘了自己诗人的身份，变成一个生意人，他的感叹虽然诚挚，却有点蛮不讲理。比如他提到，很多人不喜欢葬礼，既不愿耗费精力，也不愿多花钱，恨不得人一生中就没有一次葬礼。林奇发牢骚道：殡葬业不像别的行业，一切推销手段均无用武之地，人们不肯来照顾生意的时候，就是不来。又说人生只有一次葬礼，大家还嫌多。听听这话！不嫌多，难道应该嫌少吗？

生死之事，林奇最崇拜的叶芝比他达观得多。叶芝在《本布尔本山下》中有言：

向生，向死，

投以冷眼。

骑手啊，向前！

这几行诗后来刻在叶芝的墓碑上。读英文原诗很有感染力，勉强译为中文，味道差了很多。林奇也许很想用散文传达出叶芝的精神，但可惜得很，他力有未逮。

总而言之，《我是个殡葬师，我心情不太好》是文学史里常见的那种因这样那样偶然而产生的可喜的小名作，我们读它，不是要去领受教诲，而是去分享一个普通人的独特经验和细微的感受。许多书评家都谈到《我是个殡葬师，我心情不太好》的格调：肃穆，平实，有些哀伤，又有点黑色幽默，完美地统一在一种"和善安详的忧郁"中。换言之，《我是个殡葬师，我心情不太好》"是对已经亡故的父母和正在蓬勃成长的孩子们的致敬，这里有从刻写墓碑者身边小跑而过的高尔夫球手，有美食家和疑难病患者，有情侣和自杀，这里有令人感到轻快的葬礼，也有让人不禁掩面而泣的婚宴。这是一本罕见优雅的书，

充满强烈的激情，且不乏机智和人情味儿。这是死者告诫生者
的书"。

张宗子

2005 年 12 月 22 日

地铁巴士大罢工结束之日于纽约

序

二十世纪五十年代，当我还是个小孩子的时候，顾名思义，我以为，殡葬的意思就是埋到下面。父亲是殡葬师，我的兄弟姊妹有好几个（殡葬师）。殡葬师，在那些和我一起玩的孩子的眼里，比在我眼里更神秘。

"你爸爸到底做什么？"其中一个会问，"他怎么弄的？"

我说，肯定先有个坑，挖个大坑，再就是那些尸体，死人的尸体。

"把他们埋起来。懂吗？埋到土里。"

这就够了，他们不说话了。

尽管嘴上说得理直气壮，我心里并不踏实。我很奇怪，殡葬的字面意思是"带到下面"（undertaker），为什么不是"放到下面"（underputter）呢？说实话，对于死人，"带"字总让人感到有点大词小用。"带"有陪伴的意思，而死人一路上不需要别人陪伴。你可以"带"你妹妹去商店，而自行车呢，你把它"放"在车库。我喜欢在这些字眼上较真。

7岁那年，家里送我去学拉丁文。当祭童非懂拉丁文不可。

这是妈妈的主意。她说，如果我对主不敬，主也不会对我好。我对此坚信不疑。在我看来，妈妈的话即便算不得真理，也是最接近真理的。拉丁文神奇而有魅力，元音多，念起来响亮。每个星期二，下午4点，我跟着圣克伦班教堂的肯尼神父学发音。他给我一张卡片，神父要念的部分用红字表示，我的部分用黑字。肯尼神父来自爱尔兰，和我叔祖是神学院的同学。叔祖年纪轻轻死于肺结核，我的名字就是由他来的。我隐隐约约知道一点妈和肯尼神父"密谋"的计划，就是想一步步把我培养成神职人员。多年以后，肯尼神父退休回到家乡戈尔韦①的盐山，我听他原原本本地讲过这事。世界变化太大，教会迥异于往昔，肯尼已经无法适应了。

我记得有一次他和父亲在教堂后面见面。那时我时常提前回家，在葬礼上帮忙。父亲一丝不苟地穿着晨礼服，抬棺人戴着手套，翻领的扣眼里别着白花。院子里停放着棕色棺材，旁边是抽泣不止的死者遗属，亲友们肃立在他们身后。

教会的规则修改了，全盘英国化，法衣由黑色改为白色。对此，肯尼神父不以为然。

他走出教堂，气冲冲地对父亲大叫："爱德华，听说这葬礼改为庆祝②了。既然如此，脸上还挂着一副严肃表情干什么？赶

---

① 戈尔韦（Galway），爱尔兰西部一个郡，濒临大西洋。
② celebrate有"庆祝"和"举行（仪式）"之意，肯尼神父故意曲解其意，以表示对改革的不满。

紧告诉格林玛尔迪太太，主教大人希望他们在她丈夫的葬礼上能快活起来。"

格林玛尔迪一家对肯尼神父的冷嘲热讽司空见惯，不为所动。

我穿着法衣和白色法袍，手捧圣水，站在一身白袍的神父和一身黑衣的父亲之间。

肯尼神父还在温习他的台词："下面，我们将要进行浸礼以哀悼……"

父亲提醒他："神父，到时间了。"

神父闻言，向棺材上洒了圣水，转身走向圣坛。一袭白色长袍的神父面色严峻。风琴师刚刚弹出新圣诗集中一段昂扬的曲调，就被肯尼神父用狠狠的一瞪制止了。神父鼓动着鼻翼深吸气，用他那爱尔兰式的伤感男高音唱起《在天堂里》，一首悲哀的安魂曲。

他明白，一切都不像从前那样了。

通过这样的耳濡目染，我逐渐懂得了，父亲的职业，意义不在于我们对死者做了什么，而在于表明，活着的人以什么样的态度对待生活中会有人死去的现实。

在咬文嚼字者的笔下，父亲从事的工作有很多时新的叫法。

殡仪员（mortician）：父亲不喜欢这个称呼，它听起来像是什么新奇的、科学的玩意儿，汽车呀，电视机呀，这些日用电器，总是可以再包装，可以更新换代。

丧事承办者（funeral director）：听上去还行。父亲把招牌从"殡仪馆"换成"承办丧葬"，他认为，家有丧事的乡亲们，依赖的毕竟是人，而非一个地方。

但在镜子里，他看到自己还是一个殡葬师，和生者一起面对死亡，为死者尽心尽力。殡葬是门古老的行业，他相信，自打有了生命，就有殡葬。

我的小伙伴们还是想了解详情。

乔·弗莱迪常说："实情，我就想知道实情。"

什么样的实情呢？我搬出父亲在丧葬学校时的课本，《格雷解剖学》，贝尔的《病理学》，凑在一起翻看。伤残、疾病和死亡的照片看得我们浑身哆嗦，正像后来看成人刊物一样。

然而实情令人失望：没有人从棺材里坐起来，死而复生，没人见过鬼魂。人死之后，头发和指甲是不是还会继续生长，我没注意。尸僵更没什么特别。死人虽然神秘，但实际上再平凡不过。

但活着的人大不相同。少女杂志上皮肤光洁的女郎，能说她们再平凡不过吗？我们成年后领悟到的生活，原来那么神奇和怪异，能说再平凡不过吗？

也许对每一代人都如此：性和死是必修的一课。

父母中学时就是一对恋人，高中毕业，赶上第二次世界大战。母亲进了大学，同时在医院工作。父亲加入海军陆战队，去了南太平洋，然后到中国，战争结束才回来。他们的世界充满了各种可能性。他们的性生活，由于渴望和如影随形的死亡而趋于热烈，因担心怀孕而推迟，因战争而延期，终于，在婴儿潮时代大放异彩。对他们而言，性和死亡是一对反义词，好比君子和歹徒，处女和娼妓，对与错，就连我们手中他们的照片也黑白分明。经历过战争和大萧条，父母特别重视安全和保障，重视持久稳定，寻求明智的投资，为生活打下坚实的基础。他们以浪漫和忠诚著称，视婚姻为永久的契约，婚后安家在郊区，一心一意过日子，似乎他们能永生不死。

我们这一代，所谓婴儿潮的一代，伴随着核弹出生，随着核弹在古巴和柏林安家落户而长大，看待爱与死，与看待电视上的卡通片无异。我们看天空，看新闻，在防空洞里玩耍。正当我们走出或走进青春期之际，死神的锤子敲到肯尼迪头上。那个星期五，上高中或初中的我们，正为年轻的身体所发生的奇异变化而惊异，对隆起的胸脯和膨大的骨盆充满幻想，但我们生活中遇到的第一次重大死亡，就这样不期而至，不由得我们不思索。这就是性与死的偶合吗？这就是使得生与死看起来都纯属偶然的我们生活中创造和毁灭的力量的偶合吗？自发，随意，不可预料地，我们一反往常的习惯，抓住眼前的一切享乐不放。我们在世上只有一辈子好活，如果不能和所爱的人在一起，我们就爱那和我们在一起的。套用诗人卡明斯的一句精彩比喻，我们以白熊踩着旱冰鞋式的优雅一天天成熟。为防措手不及，我们学会计划生育，通过婚前性爱试婚，并且预先安排父母的葬礼，深信借此可以预先尝到迎接新的生命、迎接一生的真爱和迎接死亡时的感受。尽管有如此多的计划，如此精细的安排，对父辈的错误有如此多的批评，我们这代人，较之过去二十代人中的任何一代，仍然堕胎更多，离婚更多，将来自杀也更多。

可是对于我的子女，性和死恐怕要变成同义词了。它们韵脚相似，意思也不会差太远。在他们眼里，性就是轮盘赌上的押宝，是要命的博彩，靠概率来博取安全、更安全、最安全的性。至于死，那不过是无聊的事情，对见怪不惊的人，引不起丝毫的激动。在这种麻木状态中，完整而决定性的接触完成了。安全真的比后悔好很多吗？真的？哇！科特·柯本在墙上朝他们咧嘴笑。有人说："不晓得他感觉到没有。"

他们继承了一个技术发达的世界，任何东西都比从前效率高，甚至人也如此，但似乎无人洞悉其中原因。他们在代理、处方药和有线电视的关怀下长大，先辈苦苦追求的孤独，他们乃于无意中得之。20多岁的青年时代，他们关心的不是寻找自我而是如何逃离。流行文化、大众心理学、让人感觉良好的伪宗教，只会告诉你"别着急，且开心"，照料自己，保护自尊。他们从中得不到任何精神营养，因此没有信仰，没有希望，没有学到如何爱，生孩子只是为了多个伙伴，然后以惊人的数量在难以用语言形容的暴力中自相残杀。除了父母留下的精神空虚，他们还要继承的，是将所有费用集于一身的信用卡账单。

从父母身上，我看到一个殡葬师之所为的意义的变化：从为死者做些事，到为生者做些事，到生者自己做些事。生者，亦即我们所有人。

高中毕业，我登记服兵役，上大学，等待生活之路在面前铺开。我在殡仪馆工作过，在收容所工作过，在神职人员戒酒之家工作过。我学会了喝酒、谈恋爱。朋友战死在越南。各种可能性令人恐惧。

我去了爱尔兰，住在曾祖父一百年前移居密歇根之前生活的家里。没有电话和火炉，没有自来水和电视，没有拖拉机、汽车和小商店，生活原始古朴，更纯真，更澄澈。母牛下崽，邻人辞世，海潮起伏，乡亲们交谈。

在克莱尔①西岸度过的这个冬天和春天，使我觉得生命和时间开始有了意义。动荡的世纪日趋烦闷，流风所及，爱尔兰亦不能幸免，然而我回到这里，好像找到了自己的根，自己的源头，获得了一些真实的东西。

如此说来，殡仪不是别的，我们在葬礼上所做的一切，乃是为了我们的生活免于寒冷、免于空虚和无意义，免于嘈杂的胡言乱语和彻底的黑暗。是我们表达惊奇、痛苦、爱和欲望，愤慨和狂怒的声音，是熔铸成歌曲和祈祷的话语。

当我开始写诗发表的时候，父亲问我，什么时候写一本关

---

① 克莱尔（Clare），爱尔兰西部一个郡。

于葬礼的书。我回答说，已经在写了。父亲点点头，笑了。没过多久他又会问我，说："你知道我说的是什么。"我当然知道。有一天我会写的。

在关于我的书的评论中，人人都会提到我不寻常的职业，意思是说，对于一位殡葬师，写诗真是不坏的事。"殡仪员诗人"或"诗人殡葬师"成了我的标准称呼。黑体字标题想尽量抓住读者的眼球：《观察家》用的是"尸丛文集"，《泰晤士报文学增刊》用的是"请到我的殡仪馆"，《华盛顿邮报》则说，"诗歌深入黄泉"。对这些说法我并不反感。被人关注总是好事嘛，我对自己说，哪怕像个跳舞的狗熊呢。说心里话，我觉得，那些在大学任教或在其他"相关"领域工作的诗人们，他们和殡葬师有何不同？不也是在生活、在爱与死中寻找意义和声音吗？有人曾经问谢默斯·希尼①，为何写了那么多"哀歌"（elegiac poems），希尼反问道：除了哀歌，还有别的诗吗？叶芝写给庞德——庞德写给叶芝，我记不清了——的信中说："性和死，是诗人写作的唯一主题。"性很美，死亡则比比皆是。这些，我自问，对于那些诗人教授、诗人编辑、诗人家庭主妇或诗人爸爸，有什么不同吗？

哪种葬仪不是寻求更多地了解生和死的意义呢？

尽管如此，父亲的问题还是问得好。他知道葬仪是如何塑

①　谢默斯·希尼（Seamus Heaney, 1939—2013），爱尔兰诗人，1995 年诺贝尔文学奖获得者。林奇经常提到两个爱尔兰诗人，希尼是其一，另一位是叶芝。

造了他的生活，使他成为一个丈夫和父亲、成为他自己。他知道，别人的悲伤，别人的漠然，别人的绝望、希望和信仰，他们互相护持、选购棺材的方式，他们献花和道别的方式，他们怎样哭和笑，怎样饮酒和戒酒，都使他得以更深地了解自己，他的禀性，他的家族，他的上帝。我想他一定知道，22 年前的今日，我搬到米尔福德，我的生活也将那样被形成、改变和塑造。

做殡葬师就是让自己献身于一项事业，保证或者允诺一定会完成它。有朝一日他离去了，我也将这么做。我告诉他我会写一本书，我心中的这本书是写给诗人看的，他们对我们做的事存有疑问；或是写给读诗的人，他们探求诗意，想知道更多。父亲心目中的书是写给我们这个阴森行业的从业者的：一身黑衣的男人以及女人，在周末和假日工作，将车辆排好，准备安葬死者的遗体；他们在深夜被唤醒，有人死了或者有人求助，他们必须匆忙赶去，尽他们的职责。

此时此刻，就在这里，束缚松开，不那么严肃的许诺兑现了，誓言实现了，葬礼完成了。

托马斯·林奇

米尔福德，密歇根

1996 年 6 月 13 日

生死如梦

在我们这个小镇，每年我要安葬一两百名死者，此外还有几十人火化。我代售棺椁、墓穴、骨灰瓮，附带供应墓石和墓碑。如果客人需要，我也代订鲜花。

除了这些有形商品，我最主要的一项业务是殡仪馆服务。殡仪馆面积 1.1 万平方英尺，是一栋很讲究的建筑，精美的护墙板和天花线，粉刷成淡雅的色调。全套设施经过重复抵押，贷款要到下个世纪才能还清。交通工具包括一辆灵车、两辆弗利特伍德牌轿车和一辆深色车窗的小型货车，最后这辆车，价目表上称之为服务车辆，但镇上的人都管它叫"死亡马车"。

至于服务项目，过去采用一条龙标价法，客人很方便，只要单选一项就行。那是个大数字。现在不同了，按规定，服务项目必须逐条开列。价目单长得不得了，一行一行，密密麻麻地列出项目、价格和编号，以及斜体字标出的弃权项目，看起来如同菜单或西尔斯百货公司的商品目录。有时还需加上一些联邦政府的规定，比如出车路线或后窗除霜什么的。大半时候我一身黑衣，提醒乡亲们这是什么场合，大家不是来闲聊的。价目单底下仍是一个大数字。

生意正常的年头，营业额接近百万，其中的 5%，差不多就是盈利。镇上唯此一家殡葬商，我的生意稳如磐石。

市场的规模是通过所谓"原始死亡率"来估算的，原始死亡率就是每年每千人中的死亡人数。

做个简单说明吧。

假设有一个巨大的房间，你让1000人住进去。1月份，你关门离去，留下充足的食物和饮水，以及彩电、杂志和避孕套。这1000人中，按年龄分类，占较大比重的应是婴儿潮一代及其子女，他们平均每人1.2个孩子。每7个成年人中要有1个老人，他们如果不是在这个大房间里，就可能是在佛罗里达或亚利桑那，或是在老人院——这些你尽可以随便想象。这群人中有15名律师，1名信仰治疗师，36个房地产经纪，1名录像师，若干有执照的技术顾问，外加1名特百惠经销商。剩下的不外乎上班族、中层管理人员、退休者和游手好闲的待业人士。

现在来看看变化是多么神奇吧：到12月底你打开门的时候，活着出来的差不多只剩下991.6个人。其中260人已经转行卖特百惠了。减少的那8.4人就是原始死亡率。

还有另外一种统计数据。

在8.4名死者中，2/3是老人，5%是儿童，剩下的（不到2.5人），是正当壮年的婴儿潮男女——不是房地产经纪便是律师——其中1人毫无疑问已在这一年里当选公职。再具体点来说，8.4人中，3人死于脑动脉或冠状动脉的毛病，2人死于癌症，各有1人死于车祸、糖尿病和家庭暴力。如果还会有少许变化，那就是意外或自杀了，最有可能出事的是那位信仰治疗师。

保险图表和统计数据中最常和最明显被省略的，是每百名出生者的死亡人数，这个数字我称之为"大数"。长期来看，"大数"固定在……1%左右。如果"大数"列在图表上，就会被称作"预期死亡率"，那样的话，人们就不会有兴趣再买任何期货了。但这是一个十分有用的数据，含义深远。也许你想据此筹划一生，也许你将因此感到和其他人之间的亲近，也许它让你焦躁难忍。百分之一的预期死亡率，不管其意义何在，你都能据此计算出我们这个城镇有多大，以及为什么它能为我提供这么一份尽管难以精确预估但却十分稳定的生意。

每时每刻都有人死去，并不偏重于一星期的某一天或一年的某一月，也没有哪个季节显得特别。星辰的运行，月亮的盈亏，各种宗教节日，皆不预其事。死亡地点更是草率随便。在雪佛莱车里、在养老院、在浴室、在州际公路上、在急诊室、在手术台上、在宝马轿车里，直立或躺着，人们随时撒手西归。虽然由于我们一向重视生命，为了挽救生命不惜动用一切手段和设备，而使死亡常常发生于某些特定场所——康复病房，以及条件更好的重症监护病房——但毋庸讳言，死者对此毫不在意。在这个意义上，我埋葬和火化的那些死者与过去的死者并无二致，对他们来说，时间和空间已变得全然微不足道。事实上，意义的丧失正是重大事件即将发生的头一个明确迹象。接下来，他们停止了呼吸。就此而言，"胸部枪伤"或"休克和损伤"，肯定比"脑血管意外"或"动脉硬化"更紧急，但是，无论死因为何，没有哪一种死因比别的死因更不重要。死，只要任何一种死因便足够。死者还能在乎什么？

同样，死者是谁亦无关大局。说"我没事，你也没事，只是他死了"！对于生者，这是一种自我安慰。

为什么我们会不惜兴师动众地在河中打捞溺死者的尸体，在失事飞机的残骸中和爆炸现场不辞辛苦地搜寻遇难者的遗体？理由正在于此。

为什么MIA（在战斗中失踪）听起来比DOA（到达医院已死亡）更令人揪心？理由正在于此。

为什么我们要瞻仰遗容，为什么人人都关心报上的讣告？理由正在于此。

了解总比被蒙在鼓里好，知道是别人远比知道是自己好。一旦自己成了死者，"你"好不好，"他"好不好，就都和自己没有关系了。你们爱怎么着就怎么着吧，反正死者不会在意。

活着的人，受行为习惯和保险计划的约束，当然还会在乎。你瞧，区别就在这里：正因为有人在乎，我的生意才能做下去。生者小心谨慎，时时关切；死者粗心大意，或是漠不关心。不管怎样，他们不在乎。事实就是如此：看来平淡无奇，却是千真万确。

我从前的岳母就是一个活生生的例子，她喜欢像詹姆斯·

卡格尼在电影里演的芝加哥大盗一样大放豪言壮语，说什么，"要是我死了，只需装进棺材，随便找个坑扔下去就成"。可是只要我一提醒她，我们安葬死者本来就是这么办的，她就满脸不快，发起脾气来。

没过多久，她又会故态复萌。有一天，她正吃着烤肉饼和青豆，忽然说道："等我死了，直接拉去火化，骨灰不留，都撒掉！"

前岳母只是想把这种不在乎的态度表现得像是无所畏惧。她话音甫落，孩子们停下刀叉，彼此相视，不知所措。孩子妈妈赶紧央求："噢，妈！别老说这个。"我呢，则掏出打火机，在手里玩来玩去。

当年主持我和她女儿婚礼的那位牧师，是一个对生活非常讲究的人，好打高尔夫球，喜欢金色的华美圣坛，穿爱尔兰亚麻布的法衣，开一辆黑色大轿车，车内装饰成酒红色。他还一直盯着红衣主教的职位。就是这么一个家伙，有一天离开墓地时若有所思地对我说："我不需要上好的铜棺。老兄，我不要！不要兰花，不要玫瑰，也不要豪华轿车。普通松木棺就行了，搞一场小型弥撒，造一座平民的坟墓。不要搞大排场。"

他解释说，他要以身作则，奉行一个神职人员应有的，也是所有基督徒应具有的节俭、质朴、虔敬和庄重的美德。我告诉他，根本不必等到那一天，现在就可以开始以身作则。事情很简单，他可以退出乡村俱乐部，改到公共球场打高尔夫球；

放弃豪华敞篷车，换开一辆旧雪佛兰；富乐绅皮鞋啦，开司米毛衣啦，上等肋条牛肉啦，夜晚的宾果游戏啦，孜孜不倦的基金积累啦，全都可以放弃。基督在上，他立马可以成为圣弗朗西斯和圣安东尼·帕多瓦的活生生的化身。我还说，事实上，连我都能帮他一把：帮他把存款和信用卡分发给教区最需要的穷人，到最后时刻，他蒙主恩召，我可以完全免费按他届时已经能够接受的简朴方式安葬他。听我说完话，他一言不发，两眼直勾勾地盯着我，那神情就像诅咒斯威尼①的教士，随时准备把我也咒成一只鸟，万劫不得翻身。

其实我想告诉这家伙的是，做一个已死的圣徒，并不比一棵枯死的蔓绿绒或一条死掉的神仙鱼更有价值。生活就是磨砺，一向如此。活着的圣徒尚不能摆脱尘世的欲火和刺激、保持贞操的艰难以及良心的剧痛。一旦永别，一切都随着遗蜕的肉身化为一缕青烟，这正是我要告诉那位牧师的：死者一无所求。

---

① 斯威尼（King Sweeney）：斯威尼是传说中爱尔兰乌尔斯特（Ulster）的国王，他的故事出现在诗歌和散文作品中，最早可追溯到13—15世纪，但在10世纪的著作中，已经有人提到。故事说，教士罗南·芬（Bishop Ronan Finn）在斯威尼的国土上建了教堂，钟声长鸣，让斯威尼受不了。他去找罗南，把罗南的圣诗扔到湖里，还威胁杀死他。当时国家在战争中，事前罗南为乌尔斯特军队祝福，斯威尼却以为是嘲弄，掷矛杀死罗南手下的一名教士，掷向罗南的矛击碎了罗南的钟，罗南诅咒让斯威尼发疯，并说将来他也要死于矛下。战斗开始，斯威尼真的发疯，变成了一只鸟。斯威尼从此在爱尔兰流浪，赤身裸体，忍饥挨饿，还要提防人类的伤害。他在漫长的流浪中变成了一位诗人，歌唱爱尔兰的土地和他的经历。直到多年之后，已到垂暮之年，斯威尼得到另一位教士莫林的帮助，恢复了正常生活。莫林将他托付给教区的一位妇女照顾，不料那女人的丈夫起了嫉妒心，用矛刺伤了斯威尼。斯威尼终于得到祝福，内心平静地死去。一个关于流浪的国王发疯，最终成为吟游诗人的故事，自然是后世作家喜爱的题材，T. S. 艾略特和西穆斯·希尼都有以斯威尼为主题的重要作品。

只有生者营营不休。

我很抱歉不得不又一次老调重弹，但这正是我们这一行的核心问题：一死万事空，世上再没有任何事能施加于你，为你发生，和你一起出现，或因为你而发生，给你带来好处或对你造成伤害。我们为善为恶，如果影响确能及于他人，都是仅对生者而言，在他们身上逐日积累，你的死也是相对于他们而发生的。生者无法摆脱这些，你则不然。你的死为他们带来忧伤或喜悦，使他们有得或有失，留下痛苦或快乐的回忆，并且拿到的葬礼费用收据，及邮寄来的要付的账单。

此时此刻盘旋在我脑海里，这样浅显的道理，本是不言自明的。然而对我的老岳母，对于那位教区牧师，对于那些我总能在理发店、在鸡尾酒会、在学校的家长会上邂逅的陌生人，对于那些像花岗岩一样固执，仿佛出自神圣职责似的召我前去，要求我在他们死后做这做那的人，则似乎是最不可理解的事。

要我说，让死者安息，这就是你要做的。

有朝一日你离世而去，平伸你的腿好好躺着，工作已结束，让你的丈夫或太太或子女或兄弟姐妹决定，是土葬还是火化，是让你随着加农炮的一声巨响抛出天外，还是留下你躺在某处的深沟里风干成木乃伊。不管怎么说，这不是你看热闹的日子，你是死者，而死者一无所求。

人们常爱和我预先讨论他们葬礼的细节安排，其中的另一个原因，是每个正常人都怀有的对死亡的恐惧。这不足为怪。

它使我们更严肃更认真地对待生活。这种态度应该传给下一代。

我约会过的大多数女人，当地扶轮社①的会员，以及孩子们的朋友，普遍认为：我，一个殡葬师，对于死者一定有着异乎寻常的迷恋，一种特殊兴趣，知道死者的隐秘内情，甚至与他们存在着某种联系。他们甚至假设，我离不开他们的遗体。这些人啊，我相信，有些恐怕是出于自我保护才这么胡思乱想的。

一个有趣的想法。

然而真相如何呢？

死亡是困扰我们以及其他生命族类的一系列不幸中的一个，是最惨重也是最后的一个，好在死亡只有一次。这些大大小小的不幸或灾难，包括牙龈炎、肠梗阻、离婚官司、税务检查、精神痛苦、财务困境、政治动乱以及其他无数种种——人世从不匮乏倒霉的事。我对死者的兴趣，丝毫不比牙医对病人的烂牙床、内科医生对病人溃损的内脏、会计师对客户无节制的开销的兴趣更强烈。我对噩耗的胃口也丝毫不能和银行家、律师、牧师或政客相比。不幸随时随地都能发生。不幸是一张空头支票，是前配偶，是街头大盗，是国税局——他们如死者一般完全丧失了感觉，而且如死者一般，什么都不在乎。

但这并不意味着，死者真的无关紧要。

---

① 扶轮社是依循国际扶轮的规章所成立的地区性社会团体，以增进职业交流及提供社会服务为宗旨；其特色是每个扶轮社的成员需来自不同的职业，并且在固定的时间及地点每周召开一次例行聚会。

不是这么回事，当然不是这么回事。

上周一的早晨，米罗·霍恩斯比去世了。霍恩斯比太太凌晨两点打电话来，说米罗"过去了"，问我能不能去"照料照料"他。说照料，好像他仍是一个病人，和别的病人一样，随时可能好转甚至康复。凌晨两点，从REM（快速眼球运动）睡眠中被叫醒，我糊里糊涂地想，拿一枚25美分的硬币给米罗，叫他上午给我打电话。但米罗死了。一瞬间，一眨眼工夫，米罗已经不可挽回地脱离出我们的掌握，从此诀别了霍恩斯比太太和孩子们，诀别了他洗衣店里的女工，诀别了退伍军人协会和共济会分会的同伴、第一浸信会的牧师、邮差，诀别了选区划分委员会、市议会和商会，诀别了我们所有的人，也因此诀别了心中对他可能怀有敌意或善意的我们。

米罗死了。

他的双眼紧闭，目光熄灭，眼帘长垂。

无助地，无害地。

米罗死了。

我顿时清醒过来，风风火火地起床，匆忙灌下一杯咖啡，剃须洗脸，戴上霍姆堡毡帽，裹上外套，启动"死亡马车"，在黎明前的黑暗里奔驰在快车道上。这样做，严格说来，并不是为了米罗。米罗已不再需要别人为他做什么。我是为了霍恩斯比太太。同样短暂的一瞬间，同样的一眨眼工夫，就像水变成冰，她变成了霍恩斯比的未亡人。我匆匆忙忙，全是为了她，因为她还会哭泣，还会在意，还会祈祷，而且，还会付我的账单。

米罗去世所在的医院是一流的。每扇门上都有标志，说明这是哪个部门、哪个科室，其分类和人体各部分的机能密切相关。我原以为，这些词总合起来，应是表明"人类状态"的意思，其实不然。米罗的遗体放在地下室，位于"收发室"和"洗衣房"之间。米罗如果还能喜欢什么，他会喜欢这样的位置。米罗所在的房间叫作"病理室"。

对于死，医学和技术用语总是强调"失调"。

所以，我们总是死于各种机能障碍、机能不全、机能紊乱、机能衰退、机能异常、机能停止，直到最后"完事"。这些病或是慢性的，或是突发的。死亡证明书上的语言一向软弱无力，米罗的死亡就被说成是"心肺功能衰退"。同样，哀痛中的霍恩斯比太太，会被形容为"垮了""毁了""散了架"，仿佛她的身体真出了什么结构性的毛病。这就等于说，死和悲痛并非万物神圣秩序的一部分，米罗的过世和他的未亡人的哀泣，都是，或者应当归类为，一种难堪。对于霍恩斯比太太，"举止适当"意味着表现坚强，经得起狂风暴雨，好给孩子一个榜样。这方面，我们有热心的药剂师可以慷慨相助。至于米罗嘛，当然了，"举止适当"的意思大概就是，他回到楼上，咬牙坚持，让心电图仪呀、脉波仪呀一概"嘟嘟嘟"地尖叫不停。

但米罗此刻却身处楼下，在"收发室"和"洗衣房"之间，安放在不锈钢抽屉里，浑身上下用白塑料布包得严严实实。而且，由于米罗脑袋小，肩膀宽，肚皮大，双腿消瘦，脚胫上又系了个标识牌，垂下一条白线，他看上去像一颗大得吓人的精子。

我签字把米罗领走，曾经一度想到，米罗对这些是不是很在意。但现在我们知道，他不在意，因为死者一无所求。

回到殡仪馆，在楼上的涂油间，在标着"非请莫入"字样的门后，米罗·霍恩斯比躺在瓷桌上，沐浴在明亮的灯光里。解开裹布，扳直身体，米罗多少恢复了一点他的本来面目——双目圆睁，嘴巴大张，恍如重返人世。我替他刮脸，合上他的眼睑和嘴巴。我们把这一步叫整容。有些"容"，如眼睛和嘴巴，永远也不会恢复生前的样子：开开合合忙个不停、专注于某事、露出某种表情、告诉我们这些或者那些。在死亡中，它们告诉我们的，是它们从此再不会有所作为了。最后处理的细节是米罗的手，一只交握着另一只，安放在腹部，摆出轻松安详和休息的姿态。

这双手从此不必再忙碌。

摆姿势前，我为他净手。

几年前妻子搬走时，留下了孩子们，也留下了一堆没洗的脏衣服。妻子弃我而去在镇上是件大新闻。像这样的小镇，是人们说东道西的好地方。当时虽然议论甚多，却没人知道如何安慰我。我想，他们也是无能为力啊。为了弥补，他们送来炖菜和炖牛肉，带我的孩子们出去看电影、划船，请他们住在附近的妹妹来看望我。米罗所做的，就是一周两次派洗衣店的车来，帮我处理换洗衣服，这样做了两个月，直到我请到管家。米罗每天早晨来，带走五大包脏衣服，中午时候，再把它们洗得干干净净，折叠得整整齐齐地送回。我从未要求他这么做。说来我和他并不熟，从没去过他家或光顾过他的洗衣店，他太太也不认识我太太。他的孩子太大，和我的孩子也玩不到一块。

新管家安顿下来以后，我去向米罗道谢，并交付欠账。米罗的收据上详细开列了清洗和烘干的次数和数量，消耗了多少洗涤剂、漂白粉和柔软剂。全部算下来，我估计要60元。我对米罗说，取衣服，送衣服，熨烫、折叠、分类，在最困难的时候帮助我和我的孩子们，让我们有干净的衣服穿，干净的毛巾和床单可用，这笔钱该怎么算。米罗闻言一笑："别放在心上。一只手洗另一只手，谁跟谁呢？"

我先是让米罗的右手压在左手上，然后反过来，然后再反过去。后来我想通了：这无关紧要啊。不管怎么放，一只手洗另一只手，分什么彼此呢。

涂油大约花了我两小时。

做完这件工作天已大亮。

每个星期一的早晨，恩斯特·富勒都要来我办公室。他在朝鲜受过伤，据说相当严重，但伤在何处，本地却无人知晓。恩斯特·富勒走路不瘸，没有缺胳膊断腿，人们都以为，他准是在朝鲜看见什么受了刺激，变得有点头脑简单，偶尔还会犯迷糊，倒不是什么大毛病。他一天到晚散步没完，有时会突然停步，面对路边的杂物沉思不已，或是看着地上的瓶盖和口香糖包装纸发呆。恩斯特·富勒笑起来有点神经质，握手时手又凉又硬。他头戴棒球帽，架着厚眼镜，每周日晚上必去超级市场，把收款台旁边架子上所有花里胡哨的小报各买一份。这类小报的头版标题，通常离不开暹罗双胞胎（连体人）、电影明星和飞碟那一套。恩斯特读东西奇快，是个数学天才。但由于受伤，他一直不工作，也从没去找工作。到周一上午，恩斯特会把一沓剪报带给我看，内容不外是"体重601磅的男子跌破棺材掉落地面——场面混乱"，"为艾尔维斯涂抹遗体的殡仪员声称，这位超级歌星是永生不死的"。米罗·霍恩斯比去世的这个周一早晨，恩斯特送来的剪报上说，英格兰东部某个地方，一坛骨灰发出呻吟和咕哝声，有时还吹口哨，估计它不久就要说话了。科学家做了好几次试验，无法作出合理的解释。骨灰主人是个男子，死后留下九个孩子，没有任何财产。他的未亡人信誓旦旦地说，她那贫困潦倒的丈夫是想告诉她奖券的中奖号码。她说："杰基不会让我们一点儿希望没有就甩手离开的。他爱家人胜过一切。"报上登出了寡妇和骨灰坛子在一起的照片，那是生者和死者，肉身和金属，维克多牌唱机和著名的维克多广告小狗的合影。寡妇站在坛子边，侧耳倾听。

我们永远在等待。等待一句动听的话，一组中奖号码。等待从死去的亲人那里传来的他们仍然在挂念我们的消息。每当他们作出一些"不寻常"的事，从坟墓中起来，从棺柩中掉下来，在梦中同我们说话，我们都为之欢欣鼓舞。是啊，我们真的感到快乐，仿佛他们仍然关心，仍然有自己日常生活的安排，一句话，仿佛往生者还活着。

然而，为人熟知的不幸的事实却是，我们大多数人只会老老实实躺在棺材里，长年累月做个死人。我们的骨灰瓮，我们的坟墓，绝对不会弄出一丁点声音。我们的理念和安魂曲，我们的墓碑和追思弥撒，既不会帮助，也不会阻碍我们进入天堂。我们生命的意义和对我们生命的回忆，属于活着的人，一如我们的葬礼。不管死者现在变成了什么，我们只存在于生者的信念之中。

时值严冬，大地冰封，我们先得把墓地烧热，才能让教堂司事开锄破土。米罗是周三下葬的。值得感恩的是，安放在冻土之下橡木棺中的那具躯体，已不再是米罗。米罗变成了他自己的理念，永久的第三人称和过去时态，米罗变成了他太太寝食难安的根由。我们在常见到他的地方再也见不到他，我们习惯于他在我们中间，现在这习惯破灭了。他成了我们的幻肢，那只已经失去、我们却以为它依然存在的相依为命的手。

格莱斯顿的名言

殡葬业者群集在另一边的岛上，召开他们所谓的"仲冬会议"。名曰会议，说穿了不过是在每年 2 月的某一星期，密歇根各地的殡仪馆老板齐聚小安的列斯群岛，找一个温暖的地方，讨论本行业亟待解决的问题。大会小会的话题多半模棱两可："殡葬业的未来""灵柩中最受欢迎的配置物""如何应对葬礼的人群"，诸如此类，不一而足。度假地的下榻饭店要有房间服务，热水供应充足，海滩要漂亮，购物要方便。不消说，财大气粗的牙医和律师们开会也不过如此。

我选择的是附近的小岛，一个寒酸的地方：港口很浅，泊不下游轮，也没有机场，离我本州同行的欢聚之地不过一水之隔。密歇根的冬天酷寒难耐，我每年南下，总和他们时间一致，一旦有事，随时可以中断旅行，安排和他们见面。这样做既明智又不失礼节，能够减少我在镇上葬礼业务的最终开支。是呀，和他们一样，我也是一个殡葬业者，而且干了快 25 年了。

虽说如此，我就是提不起精神拿出两星期假期中的几天，混在他们之间讨论业务。这并不是因为他们那帮人枯燥乏味，不像股票经纪或保险推销员一样亲切善言。事实上，他们离家远行，躲到温暖的岛上花天酒地一段日子，他们是很能找乐子的，也许出格了点。我之所以兴致索然大概是因为，这个仲冬会议我已经参加了太多次，适可而止吧。我宁愿一个人多在海滩上走走，想想下一步的打算。

父亲是殡仪员，我们兄弟5人中有3人也是。三个姐妹中的两个，都在大都会区以家族——也就是父亲的名字命名的殡仪馆工作，做些前期订货和簿记工作。这样算起来挺奇怪的，好像我们是个家庭农场，只不过耕耘的不是普通的土地，而是情感的沃野。我们靠他人的死亡为生，正如医生靠疾病，律师靠罪案，神职人员靠人们对上帝的敬畏。

我还记得父母从前参加这些仲冬会议的情景。他们浑身晒得黑黑的回到家，带回满脑子主意，和关于父亲坚持要我们管同行们叫"同事"而不是"竞争对手"的闲话。父亲认为，互称同事使我们听起来像是医生和律师，更像专业人士——人们遇到麻烦可以半夜三更打电话来；他们的存在与其所为密不可分，他们做什么决定了他们是什么。

我们的事——我们之所为，我们之所在——总是离不开死亡、垂危、哀伤和永别，这是"人生""自由"和"追求"等一系列光彩夺目的词语的脆弱的下腹部。我们面对的是生死离别和最后的致意，还能有什么？父亲曾和他最亲近的朋友开玩笑说："最后一个让你躺下的人。"[①] 在赠送客户的小礼品，如

---

① 此处原文是"The last ones to let you down."" let you down"也有"辜负你""让你失望"的意思，一语双关。

纸板火柴、塑料梳子、雨帽上，父亲印的字是"尊严服务"。而且他喜欢引用英国维多利亚时代的自由党人格莱斯顿①的名言。这个老格写道，通过人们照料死者的方式，他能以数学的精确，衡量出他们对国法的尊敬程度，那口气就像新派的共和党人。当然啦，格莱斯顿生活在那样的时代，生活在那样的英格兰：葬礼一向大鸣大放，性却是极端的隐私。虽然英国佬满世界抢劫盗挖异教徒的坟墓，以便充实大英博物馆的珍藏，但他们的确干得绅士派头十足。我猜父亲大概是在一次仲冬会议上听说格莱斯顿的。后来我一直想，格莱斯顿，还有我父亲，他们说得一点儿没错。

　　3 年前的明天，父亲死在佛罗里达湾的一座岛上。那时他并不是在参加仲冬会议。自从母亲过世，他很多年没再去过了。他和一个女友合住在一套公寓里。那个女士一贯高估花样百出的性生活的治疗力量，或者说，她只是低估了老头儿心脏病的严重程度。我们都知道，这样迟早要出问题。失去母亲的头一年，父亲整日坐在椅子上，哀伤难解，等着自己的最后一天。后来他开始出去和女人约会。我们兄弟都为此高兴，姐妹们则对此直翻白眼，她们觉得到底还是"两性相吸"的力量大。在找到女伴后的两年里，他的心脏病——可以说是撕心裂肺，能

----

① 威廉·格莱斯顿（William Ewart Gladstone, 1809—1898），英国自由党政治家，首相。他是著名的政治改革派，多年以来一直是本杰明·狄斯雷利的主要对手。他和维多利亚女王的不和也广为人知。格莱斯顿的演说极为有名，支持者称他为"人民的威廉"。

彻底把人击倒——每半年大发作一次，像时钟一样准。他每次都安然无恙，除了最后一次。我猜他肯定会这么说："四次躲过三次，到头来你还是完蛋。"他受够了。至今我还记得大卫·林拍的电影《日瓦戈医生》的结尾：医生说日瓦戈的心脏已"脆若薄纸"，有一天他在莫斯科的巴士上看到一个年轻女人正拐过一个路口，以为那是心爱的拉拉。他挣扎着下车，病犯了，气喘不过来，他松开领带，跌跌撞撞地走到人行道上，走了两步便栽倒在地上，就这样死了。死亡追逐爱情，爱情正是我们以死相求的东西。这次是我父亲，不是在下公交车时，而是从浴室里出来；也不是在莫斯科，而是在佛罗里达的大波卡岛。但他追逐的同样是爱情，一直追到死。

接到父亲女友的电话，我们知道怎么做。我们兄弟早有这个心理准备。我们有个旅行套装，里面手套、药水、针头，一应俱全。在机场，安检人员仔细验看我们的行囊，他一定以为我们打算用道奇·帕玛格洛①的产品造一枚炸弹，或是用标着"屠宰用外科器械"字样的小箱子中一整套他们从未见过的不锈钢器具劫持飞机，我们免不了大费口舌，解释又解释。到达时父亲已被送去——他的遗体被送去的殡仪馆，馆里的师傅问我们，真的打算亲自动手，亲自打理自己的父亲？如果不行，他会很乐意叫一位他们的入殓师来。我们告诉他，一切都没问题。

① 道奇·帕玛格洛（Dodge Permaglo），是澳大利亚殡葬用品企业宙斯制品（Zeus Products）旗下的一个品牌。

他领我们进了殓房。熟悉的瓷砖装潢和荧光灯发出的白光，为愚蠢地害怕着死亡的人类准备的整洁的科学场地，它向人们显示，从生到死是何等容易。

我们曾多次向父亲保证，等到他过世，儿子们一定亲手为他涂香油，为他穿寿衣，挑一口好棺木让他睡进去，为他写讣告，联系牧师，准备鲜花，做好炖菜，安排守灵和送葬，举行弥撒和葬礼。我想不起来是在什么场合向他这样保证的，或许我们只是心照不宣。他的葬礼轮不到他自己安排，那是我们要做的事。尽管他主持过几千次葬礼，却从未提过自己的葬礼要怎么办。每当问及这个问题时，他只说："到时你们会知道怎么办。"我们是知道。

说到我们对遗体的态度，有句"不过一具躯壳"的说法。初出茅庐的教士，多年的家族老友，好心安慰人的亲戚——为他人刚刚遭受的痛苦感到难过、不知说什么好的人，脱口而出的往往就是这句话："只是一具躯壳呀。"你带一对父母来看他们在车祸中丧生或是遭人杀害、遗尸荒郊的女儿时，你会听到这句话。说话的人本意是劝解，而他面对的却是无法安慰的场合。在亲人为死者哀伤欲绝、泣不成声之际，总有一些焦急的好心人，很无知地开口："想开点吧，这不是她，只是一具躯壳罢了。"有一次，一位圣公会教堂执事用这句话劝慰丧女的母亲，险些被她一记迅疾的耳光打翻在地。那个患白血病死掉的女孩才十几岁。母亲说："我会告诉你什么时候它才'不过是一具躯壳'，至于现在，除非我另外说明，她就是我女儿!"她这么说，正是重申人们长期奉行的由生者宣告死者之死的权利。正像我们通过浸礼宣告生者之生命，情人通过婚礼宣告爱情一样，通过葬礼，我们弥合了死亡的发生与死亡的意义之间的距离。这也是我们赋予短暂而难忘的人生以意义的方式。

我们为引导生者、爱人和死者，从一种状态到另一种状态而创造的种种仪式，重在其意义而非表演过程。在我们这个世界上，"功能障碍"已成为一个关键形容词，一具停止运转的躯体自然一无用处，它表明的"功能障碍"远比花边小报和脱口秀连篇累牍的性爱和其他杂七杂八的"功能障碍"更有说服力。我们可以这么说，一具不再运转的躯体，是我们得到的一个人不复存在的证据。一个人不复存在、不再活着，那就像是尼安德特人第一次为死者挖掘墓坑时的情景，他们最早想到这些问题，我们如今面对死亡仍然会想到："生命就是这么一回事?""这意味着什么?""为何他是冰冷的?""这也会发生在我身上吗?"

所以，面对遗属的悲伤，絮絮叨叨地重复那"不过"是什么什么的陈词滥调，就如我们看到一个女孩做完化疗，秀发脱落，却只感叹一句"哦，不过是一个头发不好的日子"一样苍白无力。或者说，我们对她往生天国的希望，就建立在基督"不过"从死者中复活了一具躯体的信仰上。为了赎救世人的罪恶，如果基督不是选择十字架，而是选择了承受丧失自尊的痛苦，那将如何？如果他从死者中复活的不"只是一具躯壳"，而是他自身的理念，他的品格，又将如何？你觉得，他们会为此更改历法吗？为此发动十字军征战？为此烧死成千上万的女巫？复活节涉及的无非是肉和血，没有象征，没有隐喻，没有半点微妙之处。如果基督复活的，不像保罗指出的那么意义重大，哪怕只差一点，那位教堂执事，还有我们中的一些人，将无事可为；安息日①会变回星期六且有着合理的饮食，圣诞节就更不会有了。

新近死亡者的遗体既非瓦砾残渣，也不是偶像或精华。他们恰如孵化中的幼鸟，将转变成一种新的存在，铭刻着我们的姓名和日期、我们的形象和一切相似之处，也深深地留在我们儿孙的眼睛和耳朵里，就像我们诞生的消息在父母和祖父母的耳中一样清晰真切。对于这样的新事物，温柔一些、细心一些、体面一些，乃是明智的。

父亲身体平躺的情形以前自然也见过。到头来常常是在加护病房，为他的冠状动脉做了搭桥手术之后，他躺在那里，一副无助的样子。但从前不是这样。从前他是个大男人，躺在起居室的地板上，举着我的弟弟妹妹们荡着玩；在他第一家殡仪馆的办公室，穿着整套制服——三件套黑西服，系着条纹领带，脚上则是一双翼尖花纹的皮鞋，胡子刮得干干净净，坐在椅子

---

① 犹太教徒以星期六为安息日，而基督教以星期日为安息日。

上打盹；或是在浴室里，一边洗澡一边唱："从蒙特苏马的皇宫到黎波里的海岸。"他在南太平洋染上的疟疾后来曾多次发作。在我的童年时代，父亲像整条街上所有的父亲一样，是不可战胜的。他"某一天会死"这样的观念，在我少年时无异于胡说八道，当我二十多岁时，心里慢慢产生了恐惧，到了三十多岁，那已是一个挥之不去的阴影，等我四十多岁，它成了事实。

此刻，他直挺挺地躺在迈耶斯堡"安德森停尸房"的防腐处理台上，耳朵、指尖、下肋、臀部和脚跟呈现出注射防腐剂后的蓝色。我心里想，这就是我父亲死后将会呈现的模样。很快，如同一扇门在你身后砰然关上，时态一下子变成了无从逃避的现在时：这就是我父亲，死了。我和弟弟拥抱在一起，失声痛哭，为我们自己，也为在密歇根家中的其他弟妹。然后我吻了父亲的前额，他尚未成为"一具躯壳"。接着，我们按照父亲当年教的方法，一步一步开始工作。

父亲的遗体很好伺候。虽然患有动脉硬化症，循环系统状况仍然相当好，使得防腐工作十分容易。由于死前刚洗过澡，身子很干净，胡子也仔细刮过了。他不是那种长期患病卧床或住在重症监护病房或临终关怀室里的人，身上没有治疗留下的斑痕和各种输液的管子。这样的死正是他希望的：（死时）仍在壮年，（死亡）迅速而干净。那天他在海滩上为孙子们捡了贝壳，也许还和同居女伴开开心心地玩过一场——尽管她从未谈起，我们也没问，只是希望有这么一回事。我们按摩他的手、胳膊和腿，使药液流贯全身。蓝色慢慢从他的指尖和足跟消失，药液流遍全身，使他的遗体足以保存到我们和他永别。我觉得我是在为他做些什么，尽管他已经死了，再也感受不到我或者别的任何人的关怀了。和别人一样，他的身体上也保留着一些个人历史的印记：刻着我母亲名字的刺青，二战时期，18岁还是海军陆战队员的他请人文上的；整齐的胡须，我过去常常看到他用母亲的睫毛膏把它涂黑，那时他比我现在还年轻，我则比我的孩子现在还年幼；还有他做五条动脉的心脏搭桥手术留下的疤痕，他从未取下过的防空射手勋章，母亲送给他作为40岁生日礼物的印章戒指。为了买这枚戒指，我们全都往一个罐里存钱，直到存够50元。父亲胸毛重，毛色灰白，脚踝却光溜溜的，头顶和好多男人一样，微秃，我在民航客机的头等舱、理发店交映的镜子里，没少见这样的秃顶。为父亲做防腐工作使我想到，我们送走亲人，最终也会和他们一样被别人埋入土中。最后我不得不承认，将来我死了，或许就是这样子。

父亲大概是在一次仲冬会议期间头一回开始思考他的职业到底是在做什么以及他为什么要从事它的。他总是对我们说，在南北战争时期，为死者涂抹防腐油是礼节所必需。无数人死在远离家乡和亲人的地方——绝大多数是男人、是士兵，在美国历史上，这还是第一次。收尸人在紧挨战场的帐篷里，尽其所能为阵亡将士的尸体消毒、防腐、整合：他们合上死者的嘴，缝合身上弹洞，将残肢断体拼接起来，好把他们送回家，交还给他的父母妻儿。花费这么多功夫、这么多钱，全是基于一个观念：死者需要一个体面的葬礼，或者更准确地说，活着的人更需要他们，在一番仪式之后将他们埋葬或火化，在上帝、其他的神或别的任何三尺之上的神明面前赞颂他们。死者的遗体之于葬礼，就像父亲说的那样，如同婚礼中的新娘、施洗时的新生儿，是必不可少的主角。

于是我们把去世的父亲带回家。运回他的遗体，将讣告传真给本地报纸，通知牧师和教堂执事，订购鲜花，订制墓碑。我们要做的事太多，不一而足。

退回到 1963 年，记得父亲曾说，举行葬礼，打开灵柩让吊唁者瞻仰死者的遗容，目的是让我们直面"死的现实"。我想他是在一次同业会议上听人这么讲的。杰西卡·米特福德的《美国式死亡》已售出 100 万册，伊夫林·沃已在《爱人》中探讨过这个问题，酒会上的话题也转向"野蛮仪式"和"病态的好奇"。殡葬业者协会抢着插足。神职人员——摩登的神职人员——和教师、心理学家异口同声地说，这样做符合感情的需要，从心理上讲是正确的，它达到了一些目的。在这方面，历史记录相当不错。几千年来，我们作为人，而不仅仅是殡葬人员——一直或多或少地做同样的事：一边俯身挖坑一边仰望，试图寻找出其中的道理，安葬死者经过那么多程序，就是要表明，他们曾经生活过，他们的生活方式有别于一块石头、一棵杜鹃花或一只猩猩，他们的生活值得叙说和回忆。

不久发生了肯尼迪遇刺事件，凶手李·哈维·奥斯瓦尔德也死了。这一年的11月底我们安葬了他们——对于大多数婴儿潮一代的人，他们是我们生活中遇到的最初的死亡者。当时的电视剧，星期五是《枪烟》独领风骚，周日晚则是《牧野风云》称王称霸。但肯尼迪的死是活生生的现实，正是我父亲常年挂在嘴边的"死亡的现实"。虽然我们都目睹了他的灵柩和送葬队伍，目睹小约翰向父亲致敬，看到肯尼迪的遗孀杰姬戴着墨镜，可我们绝大多数并没有亲眼看到他的死。直到多年以后，尸检的影片公映，我们涌向电影院，去看看到底发生了什么事。此前社会上一直传言，肯尼迪并没有死，他被固定到某种神秘的、昂贵的器具上，没有大脑，却还能呼吸。泽普鲁德的影片使我们相信，他确实死了，但我们仍然难以置信地将他奉为英雄。当然啦，一旦我们在影片中看到他死去，看到他的脸，他的遗体，他又成为凡人一个：可爱但不完美，令人难忘但确实已死亡。

每当我看到同代人不辞辛苦地教育子女，试图让他们懂得，在比萨饼和"巨无霸"汉堡之外，还有"家庭价值"，我就想，格莱斯顿也许是对的。我想父亲也是对的。他们懂得，生命的意义与死亡密不可分，哀悼可以看作反方向的浪漫。如果你爱，你就会哀伤，绝无例外，只有做得好和做得不好之分。如果死被看作困扰或烦恼，死者被看作我们急欲摆脱的厌恶之物，那么，生命和生者必定遭到同样的对待。快餐葬礼，快餐家庭，快餐婚姻，快餐价值，这正是老派英国人格莱斯顿所说的数学的精确，也是父亲所说的，我们应当知道做什么。

因此，照料父亲的死，照料他的遗体，对我而言，和守候子女的出生同等重要。电视脱口秀《奥普拉》①的专家，说这是一种"治疗"；《唐纳休》节目的专家，则称之为"宣泄"；而在《杰拉尔多》中，可能是"在他身上留下永久的创伤"；莎莉·杰西什么的，或许还会提到"良好的选择"，口气一如他们在谈论男人剪脐带、为婴儿换尿布，或女人的自尊问题，以及约会强奸犯。

事实上，这与选择、功能或心理矫正无关。对于一具遗体，它还能有什么选择？这不是什么新鲜事，我们只需按前人已经做过的去做，因为这正是我们应该做的。我们不必标新立异，不必千方百计寻找理由，尽管我们这代人似乎总是决心这么做。

在另外一边的岛上，他们正是这么做的。他们试图把葬礼重新定义为"健康地表达哀思的方式"，它当然是的；或者是"对因丧失亲人而极度悲伤者的简短治疗"，这也说得通。他们讨论"步骤""阶段""恢复"。有人还会提到"善后护理""葬后服务""遗孀互助计划"，还有什么"无名的哀悼者"？上午开会，下午他们打高尔夫、潜水，早早地喝起鸡尾酒，晚餐

---

① 《奥普拉》（Oprah）和以下的《唐纳休》（Donahme）和《杰拉尔多》（Gerald），都是当今美国流行的电视脱口秀节目；萨莉·杰西（Sally Jessy）则是同名脱口秀《萨莉》（Sally）的主持人。

后去跳舞，然后在就寝前打电话回办公室，问问营业收入，看看镇上又有什么人去世。

　　明天我也许会坐船过去，加入他们。也许与会的还有些老派人士——我父亲那一代人——有事你可以半夜三更打电话找他们。他们使我想起父亲和格莱斯顿。他们可能会说，我也使他们想起了他。

发明抽水马桶的人

死亡和太阳令人不可逼视。

——拉罗什福科，《箴言集》①

穿过戈尔韦的沃尔顿大桥时，丹·帕特森和我正想着托马斯·克莱帕②。这是凌晨时分，我们刚从一家印度餐馆吃过一顿可怕的咖喱餐回来。夜色温柔，身后的空气中火一般燃烧着肠胃的浊气，不由分说，把我们的思路引向托马斯·克莱帕。这咖喱真是可怕。

想想看，两个在国际上毫无名气的诗人，应邀参加"奎尔特文学节"，巴巴地赶到戈尔韦朗诵人所未闻的自己的诗作，如果不是肠胃中的咖喱作怪，怎么会谈起发明抽水马桶的意义，

① 拉罗什福科（Francois de La Rochefoucauld，1613—1680），法国17世纪作家，贵族。他的篇幅不大的《箴言集》（Maxims）具有直击人心的力量，对后世作家如尼采、纪德等都有很大影响。

② 托马斯·克莱帕（Thomas Crapper，1836—1910），英国水管工、发明家，出生于约克郡，后在伦敦创立"克莱帕公司"。克莱帕常被误称为抽水马桶的发明人，事实上，现代意义的抽水马桶早在18世纪就已出现，最早的雏形则可追溯到1956年，发明者是约翰·哈林顿爵士。克莱帕对于抽水马桶的贡献，是推广其使用。克莱帕的产品以质量好著称，他也确实有过一些小发明，但都与抽水马桶无关。加深误解的另一个原因是，抽水马桶以及厕所被称为crapper，上厕所被称为crap，所以很多人以为这些词源于克莱帕的姓氏。实际上它们早在克莱帕出生之前就有了。而且不幸的是，这两个词一直是很不正式的，尤其是作为动词的crap，有强烈的猥亵意味。历史对于克莱帕，真是开了一个人玩笑。

谈起它倒霉的发明者，一个名字永远和排泄物连在一起的家伙？怎么会？

这也是对丹的小小报复吧。这位老兄在《泰晤士报》文学副刊上写文章，轻描淡写地把我新出的诗集赞扬了一通，结果生生把它给毁了！老天！看看丹现在这副鬼样子，喝了一夜的酒，还有那些该死的咖喱，我真想把他头朝下扔到科里布河里，瞧着他浮上沉下，一溜儿漂到戈尔韦湾，像平·克劳斯贝①一样哼哼唧唧，像一只吃了满肚子坏东西、好不容易消停了的胖天鹅，怪模怪样地仰天躺着。不过话说回来，丹的评论并不多坏，只是不够好罢了。可是有人评论怎么着也比没人理睬好。再说，我喜欢丹，他是个好脾气的苏格兰佬，一个邓迪人，一位杰出的诗人，唯一的遗憾，是他和我一样，尚不出名。我对自个儿说，事情还不是太糟，我们还没落到克莱帕那样的境地呢。丹一直贪恋杯中物，把没节制当作对自己的犒赏，这种喝法我从未有过，我在密歇根过的是滴酒不沾的日子，多年来一直如此。我的生活全是 F 打头的字：四十好几，四个孩子的父亲，职业是殡仪员，心中充满对死后那个恍如黑树林一样的世界的恐惧②，所以我不喝酒。

我第一次来爱尔兰是 27 年前。出于对自己家族的好奇心和

---

① 平·克劳斯贝（Bing Crosby，1903—1977），美国流行歌手、演员，获得过第 17 届奥斯卡金像奖最佳男主角奖。

② 这里"四十左右"（fortyish），"四"（four），"父亲"（father），"殡仪员"（funeral director），"恐惧"（fear），都以 F 开头。

对大诗人叶芝的喜爱，我攒了一笔钱，在买了一张单程机票后还剩一百块，就这么兴冲冲地动了身。二十来岁的人，满脑子自信。那时候有好多同龄人去了越南，但我运气好，没抽中尼克松总统的上上签。我那么自信是有道理的：如果遇到大麻烦，父母还能眼睁睁不管吗？所以我的情形和凯鲁亚克或伍迪·盖瑟瑞①不太相同，但也是上了路。更准确地说，是飞行在友善的天空上。

我在堂哥托米和堂姐诺拉·林奇家落了脚。托米和诺拉是兄妹俩，一个是老单身汉，一个是老姑娘。他们住的那栋茅草屋，坐落在克莱尔西岸，属于莫文镇。地面铺着石板，墙上有两副电灯插孔，一个电热板，一座平炉，没有抽水马桶。用水需到五片地以外的地方取，是棒极了的天然泉水，

汩汩突突，清澈沁凉。我很快学会用桶和标着"克莱尔冠军"字样的旧容器打水，学会蹲着如厕，拿印着讣告、广告和本地新闻的纸擦屁股。我第一次尝到"自由"的滋味：漫步在祖先生活过的空阔的土地上，聆听着黎明的鸟叫和风声，一派欢乐的交响。

托米和诺拉是典型的农民，养奶牛，储存干草，牛奶卖给乳品厂，自己留下大堆牛粪。很多务农者都知道，牛粪是重要

---

① 凯鲁亚克（Jack Kerouac, 1922—1969），美国"垮掉的一代"的代表作家，著有《在路上》。伍迪·盖瑟瑞（Woody Guthrie, 1912—1967），美国民谣歌手，出生于俄克拉荷马，他最著名的歌曲是《这土地是你的土地》（The land is your land）。

的一环，有它作肥料，草才长得好，牛才有东西吃，吃下的草又变成奶和粪。简直像一部完美的内燃机，一个自足的封闭系统，老福特车一样高效率。故此，我那一点点的排泄物在这广袤四野内的遍地牛粪中，就根本不引人注意了，正如花钱请来的哭丧队里那一点个人的小小哀悼一般，它混杂其中，安全地藏匿了起来。这与食物链同理：牛饲料中的各元素、牛粪以及各种牛所可能接触的东西，都已经在我们入席享用德尔莫尼科或T骨牛排时，通过混合，模糊了各自的面目。同样，我们享用培根和鸡蛋时，对鸡的交配和猪的习性也大多茫无所知。因为过程模糊了，死鱼默默帮助了洋葱的生长，畜肥默默混入了汉堡和沙拉。

这是理想的生活。那时的乡间，电视还未取代围坐的炉火，人们用唱歌、讲故事和朗诵诗歌打发漫漫长夜。热闹够了之后，我信步走出农舍后门，伫立在高祖父手植的山楂树下——那些树苗是他在基尔鲁什的马市上买回的。仰望星空，痛痛快快地将腹中的啤酒化作尿液排泄一空。那时我年轻，酒喝得多，一边撒尿一边仰望辽阔的夜空，天上繁星皎洁，而暗处极尽幽黑，我想着自由女神，对于生命满怀感激之情。

多年之后，住在密歇根的一个小镇，一栋坐落在自由大道上的老旧的大房子里，我渴望重温往日的思绪。我的殡仪馆就在隔壁，凌晨时分，为镇上去世的乡亲涂完防腐油回家，我习惯在后门的山梅花旁驻足片刻，仰望苍穹，自我放松一番。换到夜晚，凝望着天上的猎户星座或昴宿七星，想到关于他们的神话，心中油然而生对肉体和灵魂之生命的感恩之情。

今晚在戈尔韦，天空一如往昔。丹和我并肩站在高街上著名的、门墙漆成绿色的肯尼书店门口，看着橱窗上映出的我们的书，我们的脸孔，以及与群星们比肩的、写有我们的作品名字的粗体字告示，神情恍惚而陶醉。尽管腹中气胀，似有大难将至，丹和我都为自己活着而高兴。我们高兴享受春夜如此柔和的空气，而戈尔韦的空气似乎比密歇根和邓迪的更甜更美。我们高兴有人出钱请我们来此交流诗艺，须知当今之世，能有多少人因心灵的劳作而获酬报？我们也为文学节委员会提供的多米尼克街亚特兰大旅馆的房间而高兴。那里有坚挺的床和抽水马桶，后者助我们在"部落之城"① 的3月的平淡夜晚，彻底解脱了腹胀之苦。

直到今天，我仍然保存着在西克莱尔的房子。托米去世后，诺拉继续生活了21年，守着炉火独自度日。诺拉死时，离她九十岁生日只差几天。她死于胰腺癌，遗体除了黄疸的痕迹外，干干净净，略微缩小，发点绿色。她把房子留给我。我是她的亲人。自第一次去之后，每年我都重返西克莱尔，只是由于生意的扩大和忙着生孩子，造访的时间越来越短。

托米1971年过世时，诺拉骑车到镇上的邮局，打电话给

---

① "部落之城"（City of the Tribes）是戈尔韦的昵称。

我。我立即飞过来，参加守灵和葬礼。我想大概就是这时候，诺拉开始把我当作她的至爱亲朋，一个她可以打电话召唤且肯定会来的人。也正是那时候，她开始信赖我，愿把后事托付给我。但她从未明说，直到死前一周。

房子归我之后，我首先做的改变，是装马桶和淋浴喷头，在后门外加建一间小屋，里面设一个浴室，镶了瓷砖，还装了许多闪闪发光的装置，像个法国妓院。在后院造了化粪池，以便解决拉撒问题，生活得更方便。我不在的时候，就把房子租给作家们。

然而鱼和熊掌不可兼得，每增添一项便利，便带来一个损失。这情形和诺拉当年一样。她80岁那年装了电话，从此不复享受邮差约翰·威利·麦克格拉斯骑着自行车送信来时的激动；85岁那年买了电视，朋友们宁可一遍遍重看美国流行电视剧《豪门恩怨》，再没有亲密来往的乐趣。抽水马桶的引进，使莫文镇人永远失去了走进夜风或晨雾中，在山水景致中以"亲近自然"的方式一泄为快的自由。

现代抽水马桶的问题，是过于匆忙地把生活的遗留清除一空。抽水马桶以宗教和法律无法达成的方式把我们"文明化"了，这是以往任何单独一项发明都难以望其项背的。早晨起来，再也没有夜壶，再也没有声色气味都令人想起腐肉的户外茅厕。自从有了克莱帕的神奇贡献，我们只需伸手到背后一扳，一切都被一冲而尽。这一动力学的创造，正是70年代时，社会学家菲利甫·斯雷特在其著作《追求孤独》中所说的"马桶臆想"。他的话没错：不再需要经常对付烦恼之事以后，一旦问题重现，我们已丧失了应对的能力。而且我们还丧失了蕴藏在这类麻烦事中的群体性。一句话，如厕之时，我们感到孤独。

这和我们面对死者时一样。死者使我们难堪，恰似大宴宾朋的夜晚马桶堵塞溢水。那是紧急状况，我们必须赶快叫修理工来。

有时我想，世上千百种公司中，还把名字置于业务内容之前的，恐怕只有马桶生产厂家和殡仪馆了吧。就他们而言，这么做似乎是想使公司名称听起来历史悠久、生意稳定、诚恳、值得信赖，如"特威福特磐石""阿米蒂奇·尚克斯""莫恩·莫恩""科勒"。其他企业大多用某种假名作招牌，含含糊糊地不肯明说到底做什么生意。药品杂货店和房地产弃老板姓名而不用，专取一些富有诱惑力的名字，像"巧买"（BuyRite）、"廉付（Pay Less）或"第一房地产"。开业医生和律师们不甘落后，纷纷打出招牌，含糊的公司名在霓虹灯下闪烁发光。干货店、时鲜蔬菜水果店、家具店、沙龙和餐馆，全都换上毫无意义的、胡编乱造的幌子，挤进大型购物中心和超级市场。只有殡仪馆和盥洗设备厂家仍然固执地坚持亮出自己的名字。我们的殡仪馆就叫"林奇父子殡仪馆"。我时而会问自己：这算不算一个自我意识危机或身份认同危机呢？

我在自由大道上的房子，建于 1880 年。起初没有漱洗设备，地下室有个水池用来收集雨水，厨房原先可能还有一部水泵。茅房建在后院，四周种着紫丁香。厨房隔壁是产房，当年许多随和可亲的女人曾在那里生下孩子。产房与厨房相邻，好处人所共知：生孩子离不开热水。婴儿呱呱落地，如果体格健壮（那时婴幼儿死亡率很高，1900 年左右，超过半数的死者是 12 岁以下的孩童），即安排接受洗礼。洗礼经常是在前面的楼上房间举行，牧师或神父站在姑姑伯伯和爷爷奶奶们中间，每个人看起来都像是沃尔顿家①的一员，一个个都像是约翰、苏珊和孩子们每天道晚安的长辈们。那时候的家庭人多热闹，老老少少，笑语不断。父母们不断做爱，生出一群又一群孩子，直到发明了控制生育的方法。如今的家庭是爸爸、妈妈加上平均 2.34 个约翰和苏珊。现代福利制度进一步把家庭变成了妈咪和宝宝，加上一个影子般的男人——正像西克莱尔人所说的，"把公牛装在箱子里"带给奶牛。

过去的家大到足以容纳一次次的生育和几代同堂。在这样的家庭里，孩子一个个降临尘世，楼上的爷爷奶奶们喝着鸡汤，在医生们一次次前来检查身体的日子里逐渐老去，直到有一天，他们咽下最后一口气，被抬到楼下新生儿受洗的房间，准备入

---

① 沃尔顿家指的是美国在 20 世纪 60 年代热播的长达九季的电视连续剧《沃尔顿一家》（The Waltons），后面说到的约翰、苏珊都是该剧的主角。该剧讲述了大萧条到二战期间沃尔顿一家的生活故事，故事的主要角色是这个家庭的成员，包括父亲泽布隆、母亲埃斯特和他们养育的 7 个孩子，孩子们的爷爷、奶奶也常在其中出现，沃尔顿一家堪称当时大家庭的象征。

殓。在出生和死亡之间，是求爱，二十出头的少男少女互诉衷肠，拥抱接吻，终身未嫁、靠看护孩子和做家务赢得家中一席之地的老姨妈躲在一旁监视。神魂颠倒的恋人坐在双人沙发上，那沙发大到足以让他们握着对方的手四目相对，小到足以防止他们放平身体。姨妈每到战略性的关键时刻总是不失时机地出现，问他们要不要柠檬汁，要不要喝茶，房间里温度合不合适，有时间还问问小伙子的家庭情况。一切都合礼得体。孩子长大成人，结婚生子，常常还是在同样的地方，那个装有拉门以保护隐私和防止人不期而至的房间。在那里，举行过祖辈的守灵仪式，新生婴儿的洗礼，现在爱情也是在这里奉献并定为神圣的契约的——了不起的起居室！

经过半个世纪，两次世界大战和战后罗斯福总统的新政，生、死和婚姻这些人生大事，早已不在家中操办。家越来越小，车库越来越大。生活的重心从求稳转移到求动。家庭的观念和住房的构建，彻底被各种发明和干预改变了，被"这些玩意儿家里根本不需要"的过于精细的盘算改变了。与此同时，产房变成楼下的"浴室"，强调的是室内盥洗设施的清洁功能。接生被移到医院灯光明亮的产房进行，若想追求浪漫，（做爱）不妨在路上，在汽车里。我们常听到的故事是，一些运气不好的警察或出租车司机，在警车或别克轿车的后座为人接生。实际上，爱情的种子最初也是在这些后座上播下的。不同的是，老姨妈监视下的谈情说爱，已让位给警官巡逻下的道路边的"停车"。

和其他大事一样，求爱在什么场合都能发生：在马路上，在飞机和轮船上，在汽车里，在潜逃途中。退休者被发配到南方，老人们不是在楼上自己的床上渐老渐衰，而是被弃置到各种社会机构：老人院、疗养院、医院病房、护理室。至于他们身死何处，情形如此：在20世纪60年代，能够幸运地死于自己家中的老人，不到1/10。

在家之外度过残生，在家之外默默死去，他们等待装殓，也不是在自家的起居室，而是在殡仪馆。殡仪馆经过精心布置，尽量使它看起来像是永远消失了的家庭起居室，馆里四周摆满家具、羊齿植物盆架、各种小摆设、帷幕，在它们中间，是孤寂的死者。

我的行业就是这么演变过来的。

当我们把吃喝拉撒洗漱那一套东西全部引进家中之日，也就是我们把生老病死扫地出门之时。如果按照教堂的老掉牙的说法，一起做祷告的家庭将永世和美，那么，共用一个卫生间的人，极少能互相容忍。

我们不再有那种老式起居室了，也不再有壁炉。我们有的是客厅，宽屏多频道彩电幽幽闪光，从那里我们一遍又一遍地观看并不熟悉的人生。厨房不再用来做饭，餐厅蒙了灰尘。客厅大而沉闷，说是为客人保留的，却难得有客人来。做爱总是在"外出"的周末，在"海雅特饭店"或"假日旅馆"。新盖的房子卧室少而浴室多。每人都有"个人空间"和个人隐私。

婴儿送到日托中心，老人送到亚利桑那、佛罗里达，或者送到老人院，扎堆和其他老人住在一起，虽然爸爸妈妈拼命挣钱，为他们"梦想的房子"或"高级公寓"付账，可是在梦想的房子或公寓里，已不再有任何意义重大的人生大事发生。

这也说明了，为什么在我的殡仪馆灵堂举行的葬礼，不能显示生命最深刻的意义：即任何家庭生活中，婴儿诞生、婚礼和我们哀悼的死者之间的联系。殡仪馆当然不会承办婚礼和洗礼，来客因此难以领悟到生死之间明显的关联。它还说明，我们为纪念一生中只发生一次的事情——生与死，和可能不止一次的事件——如婚姻，而举行的仪式，是如何附载了同样的情感信息：关于所得与所失，关于爱与悲悼，关于已经消逝的一切。

因此我想，抽水马桶登堂入室，排泄物便成了一个难堪；把死者和垂死者请出家门，死亡同样成了一个难堪。经常有人要我料理他已故的叔伯，要我尽快清除，从眼前，也从心里，态度正与我和丹·帕特森设法通过阿米蒂奇·尚克斯牌抽水马桶把肚子里的咖喱清除掉一样。把它弄走，让它消失！按按钮，拉链条，冲水！自己好好活自己的。问题是，生命这东西，就像任何一个15岁孩子都能告诉你的那样，充满了困扰，而且必有一次死亡。忘掉不快或许是个好办法，漠视死亡却会造成"失衡"，一种心灵的反常，精神的梗阻，人性的受损，和对人之本性的拒绝。

记得诺拉·林奇发病的时候，他们打电话给我。恩尼斯医院的医生提醒说，几个星期，至多一个月，可能会有病痛。圣灰星期三①的早晨我飞到香农市，在去医院的途中，车在艾尼斯一家大教堂前停着的时候，看到学校里的孩子和镇民在额前涂抹圣灰。医院的护士开玩笑说，我可比他们所有人都圣洁，这么早远远赶来，脑门上沾着一团灰，西克莱尔时间还不到九点呢。诺拉看到我很高兴。我问她需帮她做些什么。她说，她想回莫文的家。我直言相告，医生都认定她活不长了。诺拉说："有什么大不了的……每个人不都这样吗？"她明亮的眼睛注视着我额头的灰迹。我请求医生给我一天时间安排她回家：请郡卫生局的护士每天来一次，当地医生可以用吗啡为她止痛，我还准备了一些汤和粥，一些冰激凌，老人尿布，一个手提便桶。

第二天我租车回恩尼斯接她，让她坐在前座，沿着熟悉的路往西开，这是我第一次来到爱尔兰在香农着陆后走的路，也是自那以后多年来看望她必经的路。从艾尼斯出发，一个小时经过基尔拉希到基尔基，沿着海岸开 5 英里到莫文镇。在香农河口和北大西洋之间，莫文镇位于克莱尔郡最西端的半岛上的地带更为狭窄。时值爱尔兰四旬斋②的第二天，严冬摧残后的田

---

① 圣灰星期三（Ash Wednesday），也叫大斋首日、圣灰日，是基督教教会年历节期大斋期（四旬期）的第一天。在当天举行的弥撒仪式上，神职人员用祝福过的灰涂抹在信徒的前额上（常涂抹成十字），直到日落才洗去。圣灰星期三是根据复活节的日期提前 40 天，因此每年的圣灰星期三实际日期并不相同。最早可能是 2 月 4 日，最晚是 3 月 10 日。

② 四旬斋（Lent），复活节前四十天的大斋期。始于圣灰星期三，止于复活节。

野，开始泛出绿色，这个清晨一会儿雨一会儿晴。回家的路上诺拉唱个不停：《莫文的恋崖》《特拉雷的玫瑰》《基尔米凯尔的小伙子》，还有《惊人的优雅》。

在她间歇的时候，我说："诺拉，听你这样唱歌，没人知道你快要死了。"

"无论如何，"诺拉说，"我快要回家了。"

她在复活节前去世。最后几天她一直在炉火边，依然哼着歌。听众不多，除了几个邻居和牧师，就是我雇来在我离开时照顾她的邻家妇人安·莫瑞。两个刚强的未婚女人，年龄相差六十岁，一起谈论农庄生活和错失的机会，她们不愿听任自己的生命为男人所左右，更别提死亡了。

我注意到她是如何彻底停止进食的，心里在想这是什么原因。

25年前，我第一次来到爱尔兰，度过一个冬天和春天。我们有个远房亲戚，里根太太，心脏病发作过世了。我和诺拉骑自行车赶到里根太太的多诺比农场。我们非去不可。老太太躺在卧室，床脚下撒着弥撒卡①。房间里燃着蜡烛。圣水摇荡。妇女们跪地念诵玫瑰经，男人在院子里抽烟，谈着物价和天气。他们看我年轻，又是个美国佬，把我归到妇女群中。尽管点了香烛、摆了鲜花，加上2月的寒冷天气——幸亏如此，当地人

---

① 弥撒卡（mass card），通知死者家属将为死者举行弥撒的卡片。

不用防腐油——停灵的房间里，仍然弥漫着极为难闻的肠胃的腐臭气味。在整洁的亚麻布单下，里根太太的腹部高高隆起，像是怀孕了，又像是突然长胖了许多。妇女们一边念玫瑰经，一边彼此交换着焦虑的眼光。后来听说，一向心胸开朗，从不拒绝美味佳肴的里根太太，死前一天刚在基尔基的希基餐馆大快朵颐，那顿晚餐她吃了煮白菜、洋葱和火腿，继之以好几罐半品脱装的淡味啤酒。这些可以原谅的小小放纵不一定是她的死因，但确确实实把屋子里的空气搞坏了。因此，追思仪式被迫提前一天，本来安排得极好的守灵被迫缩短。诺拉感叹说："议程乱了。"都是里根太太遗体的错。

夜晚诺拉总是蜷缩在床上，吃点止痛药，逐渐入睡。死前她告诉我："柯林斯这个人我信得过。"她说的柯林斯是卡里加霍尔特的殡仪员，从他那儿买棺材，买棺架，托他在莫雅塔墓地选一处墓穴，绝对信得过。莫雅塔是林奇家族的长眠之地，一直可以追溯到老祖宗帕特里克·林奇。她把银行存折交给我，上面有我的名字。她说，那是她哥哥死后添上去的。"千万记住，多买些三明治和黑啤酒，还有红酒、雪利酒，一些甜点。给挖墓的工人准备点威士忌。"

诺拉·林奇的遗体很干净，安静地躺在那里，显得很有分寸，皮肤上略有一点黄疸，但在停枢房间昏暗的灯光下根本看不出。她在这个房间出生，在这个房间生活，死了仍然在这里，彻底安息了。时当3月下旬，我们为她守灵三天三夜，之后送到卡里加霍尔特的教堂下葬。葬礼在一个星期一举行，她长眠的拱顶墓穴里，安睡着她的父亲、祖父和近九十年前夭折的双胞胎兄弟。掘墓工喝了我们的威士忌，刻着她姓名和生卒年月的墓碑俯瞰着她的坟墓和静静流过的香农河。

诺拉留下了足够的钱料理后事，她生前一直很节俭。这些钱足够请牧师，买柯林斯手中最好的棺材，请来风笛和锡笛手，一个小型合唱队。送葬队伍一直走到长码头，每个人都吃饱喝足。那是一场了不起的守灵和葬礼。我们哭啊，笑啊，唱啊，最后又接着哭。

办完丧事，还剩下足够的钱，为那栋遗留给我的古老农舍修一个卫生间。说来它还是我曾祖父母结婚时得到的礼物，一夜之间，它就跨进了20世纪。

时至今日，不管是在西克莱尔还是密歇根，总有那么一些夜晚，我躲开瓷砖和金属水管的卫生间，宁可独自享受后院黑暗中的宁静，享受山楂树、紫丁香和山梅花的芬芳，享受天上的群星，和此中的自由之感。思绪飘移，最后总是归结于那些死者和生者，归结于那些我爱的人。

我想到诺拉·林奇，想到里根太太，想到她们一生为我们带来的欢乐。后来我一直在想丹·帕特森，那天我们回到亚特兰大旅馆，各自回房间。也许是因为喝了酒，或是吃了咖喱或是谈论过抽水马桶，或是这几个原因加在一起，他一进屋就冲进卫生间，跪在地上，抱着马桶一通呕吐，眼睛久久盯着马桶中急漩的流水和——我们都曾有过一次或不止一次，将之加在那些我们不想在眼前看到的事物名单之上的——那该死的名字"克莱帕"，一吐为快。

基督的右手

我的童年平淡无奇。母亲视孩子如珍宝，父亲则总是忧心忡忡。在他看来，危险无处不在，灾难随时发生。它们就像念着我们名字的幽灵，徘徊在周围，等待父母疏忽的一瞬间，把我们席卷而去。甚至在最单纯无害的事情中，父亲也能看到危险。橄榄球赛使他想到撞裂的脾脏；后院的游泳池，使他想到淹死的人；擦伤使他想到白血病，蹦蹦床使他想到折断的脖子；而每一个小疹子或虫子的叮咬，都使他想到致命的水痘或高烧。

　　原因还是殡葬。

　　作为殡仪员，他习惯了意外和看似不可能的伤害。他学会了担惊受怕。

　　母亲把大事托付给上帝。她最喜欢对我们说，"原先计划"只生一个孩子，结果生了九个，多出来的，都是上帝的礼物——当然也没什么好奇怪的，原因她自己明白——因此还得靠上帝来保佑。我敢肯定，她坚信，上帝的守护天使就陪伴在我们身边，保护我们免受伤害。

　　可是父亲却从那些婴儿、幼童和少男少女的遗体上，看到了上帝依照自然法则存在并依从其律例的明证，不管这法则是何等残酷。孩子们因为重力，因为物理学和生物学的原理，因为物竞天择而夭亡。车祸、麻疹、插在烤面包机里的刀、家用毒剂、实弹的枪、绑架犯、连环杀手、阑尾炎、蜂蜇、卡喉的硬糖、未得到治疗的哮喘病，凡此等等，他目睹了太多的事例，全是上帝无意干预自然秩序的例证，除了飓风、陨石和其他自然灾害，最残酷的一项，就是儿童们遭受的那些异乎寻常的劫难。

唯其如此，每当我和兄弟姐妹们请求去某个地方玩这玩那时，父亲总是脱口而出："不行!"他刚刚埋葬了的孩子，正是因为这个才惨遭不幸的。

那些男孩子有的死于玩火柴、打棒球没戴头盔，有的死于钓鱼没穿救生衣，或是吃了陌生人给的糖果。随着我们兄弟姐妹一天天长大，导致那些孩子死伤的行为也越来越成人化。他们不再死于意外或自然的灾变，不知不觉间，他们越来越多地死于微妙的人际关系。儿童被雷击的故事逐渐让位于失恋自杀，让位于少年人因开飞车、酗酒和吸毒而丧生，以及数不清的只是因为不小心而导致的死亡，一句话，他们不该在错误的时间置身于错误的地点。

母亲对祈祷的力量和自己的爱护能力深信不疑，对于父亲的禁阻常加以否决。"哦，埃德，"晚餐上她会这么反驳，"由他们去吧!他们得自己学点儿东西啊。"有一次，我想去对街一个朋友家过夜，父亲不同意，母亲不客气地说："别犯傻了，埃德。你是不是要说，你刚安葬了一个因为在吉米·谢洛克家过夜而完蛋的倒霉家伙？"

父亲从不把母亲的干预当作顶撞，而是看成这个疯狂世界里的理性声音。也就是说，母亲以其坚定的信仰战胜了他的忧虑。每当母亲拿出有力的证据反驳他时，他的反应就像醉汉接过一杯凉水或热咖啡，像是在说：谢了，正需要呢。

然而他的恐惧不是装出来的，亦非毫无道理。就算是郊区那些备受宠爱、备受呵护的孩子，谁也不能担保不出事。社区里少不了得了狂犬病的狗，能传染疟疾的蚊子，和冒充邮差与教师的歹徒。日常经验告诉他，最糟糕的事随时可能发生。在父亲看来，就连蝴蝶也难逃嫌疑。

所以，当母亲做完祈祷，像个上帝的孩子一样安然入睡时，父亲却一直警觉着、提防着，电话和收音机都放在伸手可及的地方——准备随时接听殡仪馆半夜打来的电话，并监听打给警察局和消防队的求救电话。在我童年的记忆里，没有一天早晨他不是守候在床前等我们醒来，没有一个夜晚不是直等到我们回家才回房就寝。这一习惯一直持续到我19岁。

每天早晨，他都能从收音机里听到昨夜发生的不幸事件的消息。而每天晚上，他则会带回葬礼上的悲伤故事。我们的早餐和晚餐，话题中总少不了新寡的未亡人，伤心的、承受不了痛苦而垮掉的、丧失了亲人的可怜人，包括因痛失孩子而终生痛苦的父母们。每当此时，母亲就会略翻白眼，针对他的担心说出一番道理。最终我们仍能获准去打棒球、露营，独自去钓鱼、开车、约会、滑雪、开支票账户以及冒其他人生发展中不可避免的风险。母亲的信念就这样移去了由父亲的恐惧树立在我们面前的高山。

她的口头禅是："听天由命，顺其自然吧。"

有一次，母亲甚至成功地为我哥哥丹争取到玩射 BB 弹的气枪的权利。丹立马把武器对着他的弟弟妹妹们，他让我们戴上头盔，穿上皮夹克，在伊顿公园跑，他则在后面边追边打、练枪法。如今丹已是陆军上校，我们呢，至今不敢摸真枪。

母亲这样的态度，绝非漠不关心。生死事大，她一概托付给上天，从而得以把精力用在日常生活中，保证我们健康成长。她关心的是"性格正直""我们对社会的贡献"和"我们灵魂的赎救"。她相信，上帝把她孩子的灵魂交由她亲自负责，她的天堂靠的是我们的良好品行。对此她从不讳言，这在今天，要算相当偏激的观念。

对于父亲来说，我们做什么、成为什么人，取决于人生的脆弱本性。我们生来似乎就是可怜的、忧心忡忡的。除此之外，皆属非分。

保不准的事总是有的。经历了寻常的感冒、出痘、麻疹，到 60 年代和 70 年代，我们都进入了青春期。有一次帕特在酒吧被人打伤，一个家伙在他头上砸碎了一只啤酒瓶。还有一次艾迪驾车从桥上翻下，跌落在河岸，车子毁了，人居然毫发无伤地走回家。他告诉爸妈，一辆显然是醉鬼开的车把他挤下了路面。鉴于兄妹几人熟谙艾迪对啤酒和可卡因的喜爱，我们私下里把这称为"艾迪版奎迪克岛事件"①。朱丽·安坐朋友的车，车撞了树，她从车窗里飞出去，摔破了头皮，但拣回一条命。布丽姬有天晚上用烈酒灌下大把安眠药。她为何这么做，多年来一直是个谜，其中内情只有母亲知道。说到我，大学三年级时，我从三楼阳台的防火梯掉下来，摔断了几根名字听着像拉丁文的骨头，骨盆破裂，三节脊椎受到挤压，但一直没有丧失知觉。我的英语教授和导师，诗人迈克尔·赫夫南，第一个跑下楼，冲出大门跑到我跟前。估计我当时看上去像是昏过去或是没气了，等他确定我还活着，就一个劲儿地问我："摔着头了吗？今天是星期几？谁是美国总统？"为了使他相信我脑子没问题，我背诵了《阿尔弗瑞德·普鲁弗洛克的情歌》。后来他们告诉我，我背得非常动情，只是在背到"呵，我变老了……我变老了……我将要卷起我的长裤的裤脚"② 这两句时就吐了。这倒不是因为摔的，而是因为喝的那些 J. W. 丹特牌波本威士忌，据说就是酒救了我的命。通过灌下一些肯塔基酸麦芽浆，我的身体不再僵硬，避免了落下什么永久性的后遗症。

在医院里，我一睁开眼睛就看到父亲的脸，那脸上的表情

---

① "奎迪克岛事件"，原来指的是发生在泰德·肯尼迪身上的"查帕奎迪克事件"。1969 年 7 月，时任参议院的肯尼迪驾驶的一辆汽车从查帕奎迪克岛的一座桥上坠入海中。致使和他同车的年轻女士玛丽·科佩奇尼死亡。在这次所谓"查帕奎迪克事件"中，肯尼迪数小时后才向警方报案，他的举动成为其多处受损的公众形象的第一道裂痕。

② 此处引用的是查良铮先生翻译的《阿尔弗瑞德·普鲁弗洛克的情歌》。

我永生难忘：那是一张交织着愤怒和如释重负的脸。陪我到医院的这帮朋友和玩伴们也够他瞧的：假如一身花呢西装，穿着领尖带纽扣的衬衫的赫夫南教授还能予正派人以好感，研究物理学和比较宗教学的瓦尔特·休斯敦就不行了。休斯敦学生时代的大部分时间，住在校园外的一棵树上，时常跑到学生活动大楼在残羹剩饭里找东西吃。迈尔斯·洛伦也没能给他留下好印象，他曾为了逃兵役，体检之前喝了不知多少壶咖啡，再吞下整整一包香烟，终因体内咖啡因过高成功地捞了个体检不合格。后来，迈尔斯因非法持有大麻而入狱，很是吃了一番苦头。就在他出狱的一个月后，持有大麻变成轻罪，只需罚款20元。最糟糕的是格伦·威尔森，这家伙只要六瓶啤酒下肚，嘴里就只会叫："好极了，哥儿们！"没有理由，更不分场合。无伤大雅的酗酒，时不时出点乱子，我的朋友全是这号人，父亲不免怀疑我交友不慎。

母亲为我的大难不死谢过上帝，然后两眼紧盯着我，那神态表明，她从前已经这样经受过了：一双长期忍受痛苦的冷静的眼睛，凝视着一个醉醺醺的亲人的脸。父亲去年戒了酒，加入了"嗜酒者互戒协会"，并参加他们的聚会。我们兄弟几个都很惊讶，因为从未见过他喝酒。七八岁的时候，有一次听说姨妈埋怨父亲好酒，我还气冲冲地跑到一条街外的帕特姨妈家，告诉她，我爸不喝酒。祖父过世那年的圣诞节，有天夜里，他和母亲回家晚了，我听到父亲说话，语无伦次的，我以为他是伤心过度。他坚持叫医生，说他心脏病犯了。现在回想起来，医生来了以后，明明是帮他醒酒，却假装他真的有病，与醉酒无关。我从阳台上摔下来的时候，父亲已经戒酒一年了，一个人是不是喝醉了，他当然看得出来。但这一次，诅咒换成了祝福：他的儿子，尽管摔断了骨头，可是能治好，还活着。

如今父母已双双故去，依我推想，在父亲的天国里，他的孩子一个也不在；母亲那边呢，她相信我们都会跟她去的，或迟或早，但一定会去。

我们按照父母养育我们的方式来做父母。我开始体会到这一点，是在 1974 年。那年 2 月我有了第一个孩子，6 月，我们买下米尔福德的殡仪馆。在这个生死都受人注意的小镇上，我是个刚当上爸爸的人，又是一个新人殡仪员。我注意到的事情之一，是我们受托料理的死婴和死胎的数量。20 年前，附近没有医院，镇子周围没有一家诊所，产前护理根本谈不上。那些日子，我们每年除了安排上百场成年人的葬礼，还要安葬十多个夭折的婴儿，有的是生下来就死了，有的没活多久就因为种种病症而送命，每年都有几个婴儿死在童床上，这种死现在称作"幼儿猝死综合征"。

我常和这些不幸的父母坐在一起，他们神魂恍惚，试图弄明白眼前发生的变故。一向担当保护角色的父亲，感到全然无助；母亲们则内心深处浸透了痛苦，随时会崩溃。他们脸上的表情像是说，什么都没有意义了，什么都没有了。我们安排小型的守灵和安葬仪式，订购那种内部可以转动、漆成粉蓝两色的小棺材，并把棺架上的灰尘擦得干干净净。所有的布置和安排都尽量缩小了规模，以表明死者还是个孩子。

当我们安葬老人时，我们埋葬的是已知的过去。我们曾把它想象得比实际更好，但所有的过去都是一样的，其中的一部分我们曾栖身其中。记忆是压倒一切的主题，是最终的慰藉。

但埋葬孩子就是埋葬未来，难以控制的、不为人知的未来，充满希望和可能性，和被我们的梦想所拔高的美好前程。悲伤无边无际，无始无终。坐落在墓园一角和栅栏边的那些小小的坟茔，永远容纳不下心头的伤痛。有些哀伤永生难消。死去的婴儿没有给我们留下回忆，他们留下的是梦想。

我忘不了初为人父和殡仪员的那几年，生育孩子和掩埋孩子对我都是新鲜事，半夜里我常会醒来，悄悄跨进儿女们睡觉的房间，俯身床前，听他们均匀的呼吸。这就够了。我并不奢望他们成为宇航员、总统、医生或律师，我只要他们好好活着。像父亲一样，我学会了恐惧。

随着孩子们一天天长大，那些需要我安葬的男孩和女孩也越来越大，婴儿变成蹒跚学步者，变成小学生，变成少年和青年。我在少棒联合会或家长教师协会，在扶轮社和商会，通过不同的场合熟识了他们的父母。我手头从来不存童棺，用时现去订购。随着需求增加，各种规格的，从两英尺到五英尺六，都得用上。有时孩子的遗体还没从乡下停尸房送到我这里，要估量尺寸，我经常借助自己的同龄孩子，这样保险，并且是茁壮成长着的、活着的孩子。我订购的棺木样式虽异，却总不离"纯洁和金黄"，四角画着天使，内部漆成粉红和淡蓝。批发价之外，我不多收一分钱，服务完全免费。通过这样做，我希望上帝能体察我的善心，让我免尝这些父母们所尝受的噬心的悲苦。

什么事都有例外。有一次，一个当爸爸的，他的名字我至今记得——枪杀了他的两个孩子，一个8岁，一个4岁，然后自杀。孩子的妈妈在城里的餐馆做女侍，当时正在上班。我们为当爸爸的准备了一具十八号钢棺，两侧绘着"最后的晚餐"，他的一儿一女并排躺在一具小棺材里。当妈的卖掉房子一走了之，账单一直未付，我也没有去追讨。

有一年圣诞节期间，一对六岁的双胞胎兄弟不幸失足掉进结冰的河里。这条河穿过小镇中心，流经他们家的后院。没人知道这两个孩子是同时掉落，还是其中一个想救另一个。不过，一具尸体当天就找到了，另一具直到两天后消防队从水坝处打破河面的冰层，才在下游漂起来。我们把他俩肩并肩安置在一具棺材里，各枕一个枕头，穿着同样的牛仔裤和妈妈为过节从希尔斯百货店为他们邮购的方格衬衫。他们的父亲，年纪轻轻的，一夜之间就老了，此后陷入哀伤之中不能自拔，不出五年也过世了。悲痛所至，他们的母亲因罹患癌症而死。这家人唯一留下来的，是这对双胞胎的一个哥哥，很早就离开这块伤心地，如今，快30岁了。

我记得一个满脸哀痛的可怜男人。他太太用皮带勒死了八岁的儿子，然后写了长达十四页的遗书，解释说，儿子有阅读障碍，将来一辈子都会受人嘲笑、遭受失败，她杀他，是为了解脱他。写完信，她吃下30多片安眠药，躺在儿子身边，随他去了。一开始，他选了一副樱桃木棺材，母子合葬，孩子歇在妈妈的臂弯。但下葬前，他要求把儿子挪出来，单备一具小棺，下葬在另外一个墓穴中。我照他说的做了，也觉得他这么做有道理。

我在那么早的时候就体会到了父亲当年的恐惧。我从孩子们的每一个动作中，都看到可能致命的后果。我们住在殡仪馆隔壁的一幢旧房子里，孩子们在侧院玩橄榄球，在停车场遛旱冰，然后是滑板，骑自行车，最后是开车。在4个孩子分别是10岁、9岁、6岁和4岁那年，他们的母亲和我离了婚。她搬走了，孩子的抚养权"留"给我。面对4个伤心的孩子，我觉得自己完全失败了。长久以来，婚姻已成为痛苦，离婚虽然使我得到解脱，我大致也为之高兴，但我同时突然意识到，做一个单亲家长，意味着在诸般不便之外，全靠你的一双眼睛盯着孩子们，不再有第二双；你的一对耳朵得时时注意倾听；只有你一个人的身躯为他们挡开灾祸；只剩下你一颗心。冲突少了，担心多了。房屋本身变得危险：水池下放着毒剂，每件电器都可导致触电，地下室有氨，厨房垃圾能传染疾病。被法院裁定为更"合适"的家长而获得孩子们的监护权后，我决心不负此名。

我得早起，趁孩子们吃麦片时准备午餐，然后开车送他们上学。我请了一个管家，中午过来洗衣服、做清洁，迎候最小的孩子从幼儿园回家。9：30至4点是我的工作时间，4点一过，下班回家做晚饭，多数是肉菜合炖的浓汤、意大利面条、鸡肉和米饭。我准备的量他们从来吃不完。晚饭后做家庭作业，上舞蹈课，打棒球，然后上床就寝。一切忙碌完毕，孩子们进入梦乡。屋子里，洗衣机、烘干机、洗碗机、音响，各行其是，发出不同的声音。我给自己倒一杯爱尔兰威士忌，坐在高背椅上，抽着烟，喝着酒，侧耳细听着——时刻准备应对任何可能会发生的事情。

很多个夜晚，我坐在椅子上睡着了，有时是因为累，有时是因为酒，或两种原因兼而有之。醒来后我爬到床上，摊开手脚大睡，第二天又早早起来。

和恐惧紧密相连的是愤怒。

每当孩子不仔细看两边的路就跨进车如流水的大街，我们不免急火攻心。或者牢记这样的忠告：我们的责任就是保护他们不出纰漏，不出差错。打屁股、斥责、摔门、踢狗，握紧拳头想揍人，老天，全是因为爱。爱给人伤害，因为有爱才会有哀痛。那是向生活中我们无力控制的一切宣战。这样做，适合装英雄，适合演戏，却不是抚养孩子的正道。

有很多次，早晨醒来时怒气仍在，宿醉未醒，浑身难受，为生活中无能为力的事满腹烦恼：没完没了的工作，独守空床的孤独，为孩子似乎没什么出息而犯愁。虽然我真正气恼的不是孩子，但十有六次是对他们发火。谢天谢地，我从未打过他们，也没有大吼大叫。我的话虽然字斟句酌，但仍然是闹情绪。事后我道歉，多给他们些零用钱，我请求宽恕的方式，与醉鬼醒后向家人讨饶无二。之后我便不再喝酒，虽然恐惧并没有完全褪去，但愤怒却平息了。与其说处在"恢复期"，不如说我是一个不喝酒的醉汉，直到后来我才明白，对于这样的解脱，我更多的是感激，而非厌恶。

但如我所知，信仰是治疗恐惧的唯一良药。信仰就是你知道有人在此负责，检查身份证，守护边界。信仰如我母亲所言：听天由命，顺其自然。一步跨进不由我们支配的未知领域，但我们在那里始终是受欢迎的。有时候，它像是说出一句大白话，有时候，它让人觉得，我们彻头彻尾是孤身一人。

发生过这么一件事。不久前我刚送走一个女孩，她叫斯蒂芬妮，得名于石匠的保护神、第一个殉教者圣斯蒂芬。她是被扔下的一块墓地的石碑砸死的，当时她正睡在父母箱形车的后座。时当半夜，他们全家驾车沿着州际公路前往佐治亚。他们是傍晚时分从密歇根出发的，要到佐治亚州的一个农场看圣母显灵。据说每月的13号，圣母都会现身对信徒讲话。当他们在夜色中穿过肯塔基中部时，在往南半小时车程的地方，一群无所事事的男孩子正在墓地里撬石碑玩。他们最后选中了一块，大约14磅，天晓得准备拿去干什么。走过高速公路上方的天桥时，他们累了，不想再要那块石头了。桥下，南行车流的灯光闪烁如一条长龙，他们没有恶意，纯粹是恶作剧，把那块石头越过栏杆扔了下去。不偏不倚，就在此刻，斯蒂芬妮父亲驾驶的车疾驰而过，被石头砸个正着。石头以32英尺/秒的速度向下坠落，汽车以70英里的速度往南开。石头击碎挡风玻璃，擦过斯蒂芬妮父亲的肩膀，惊醒坐在旁边的母亲，从两个座位中间穿过，击中正在后座熟睡的斯蒂芬妮的胸口。她的弟弟和另外两个妹妹坐在车厢的其他位置上，而斯蒂芬妮刚刚才和弟弟交换了位子。斯蒂芬妮当时未死，她的胸骨被击碎，心脏受了重伤。路过的一位卡车司机停下，通过无线电替他们求救。可是，在周五凌晨两点钟，在肯塔基州一个前不着村后不着店的高速公路上，救援需要时间。全家人在路边祈祷，斯蒂芬妮抽搐着、呻吟着，两小时后死于医院。斯蒂芬妮的母亲在后座找到那块致命的石头，交给当局。石上有"福斯特地界"的字样，后来查明，那是"复活节墓地"福斯特区的界石。

事情有时宛如多项选择题。

A：这是上帝的旨意。黑色星期五，上帝一早醒来，说："我要斯蒂芬妮！"对这件离奇的意外，除此还能有什么解释呢？仔细回想事情的经过，太像上帝的杰作。如果是另一种结果，我们只能称为奇迹。

或 B：这不是上帝的旨意。上帝知道此事，或迟或早他一定会听说，但他没有干预，因为他知道，我们是何等依从于自然法则——关于重力和运动以及静止物体的定律——所以他无意改变那些偶然或刻意求取的结果，他沉痛地向我们通告不幸的发生。我们能理解他的立场。

或 C：这是魔鬼干的。如果我们相信善的存在，邪恶亦然。有时候，邪恶会抢在我们之前下手。

或 D：与上面所说的全不相干。倒霉事发生了，生活就是如此。忘掉它，继续活下去。

或许，还有 E：上面的理由都对。生命的神秘，就像一段段玫瑰经里唱诵的那样，荣耀而又悲哀的未解之谜。

每一个答案都无损于我继承的信念：父亲的恐惧和母亲的信仰。如果它是上帝的旨意，我会说，主啊，你真丢脸。如果不是，主啊，你真丢脸。没什么两样。我会一直对着全能的主挥舞拳头，问他：那个 13 号的凌晨，你究竟在哪里？他自然有借口，每天都在变。

那没有浮出水面的答案，那信仰并不要求的答案，将属于斯蒂芬妮的父母，以及多年来我所熟知的成百上千人。

我保证在圣诞节前——确切地说，在圣斯蒂芬日，即 12 月 26 日之前——刻好斯蒂芬妮的墓碑。那一天我们都记得唱《好国王温斯洛斯》。公元 35 年，斯蒂芬被控亵渎圣灵罪，死于石刑。

我第一次带斯蒂芬妮的父母去墓场为其女儿选购墓地的时候，她母亲站在路上，指着一尊"复活的耶稣"花岗岩雕像说："我想让她睡在那儿，耶稣的右手下面。"我们走过去，走到耶稣伸出的右臂下面，一块没有标记的空地。斯蒂芬妮的母亲说："就是这儿！"她泪水濡湿的双眼凝望着基督灰色的眸子。斯蒂芬妮的父亲眯着眼，读着旁边墓碑上的名字。"福斯特"，上面写着。那名字就刻在石头上。

道成了肉身①

———————————

　　①　道成了肉身（Words made flesh），出自《圣经·新约》的《约翰福音》，原文是："太初有道，道与上帝同在，道就是上帝。……万物是藉（借）着他造的。……生命在他里头，这生命就是人的光。……这等人不是从血气生的，也不是从情欲生的，也不是从人意生的，乃是从上帝生的。道成了肉身，住在我们中间，充充满满的有恩典有真理。"其中的关键词 Words，中文本一直译为"道"，但新出的"新世界译本"译为"话语"。如此，《约翰福音》开篇的那段极其有名的话就成为"在最初就有'话语'，'话语'跟上帝同在，'话语'是个神。"而"道成了肉身"就成为"'话语'成了肉身。"莎剧《哈姆雷特》中，哈姆雷特装疯，回答普隆涅斯在读什么时说，"Words，Words，Words"，朱生豪译为"都是些空话，空话，空话。"空话是回答普隆涅斯用的，他心里想的，也许正是《圣经》中的这段话：他在书中读到的，是"道"。

生活中重大变故的发生，令人油然而生上帝之念，其中所显示的对称和秩序，如果视之为偶然，那就太不可思议了。因为此处与彼处发生的事件总能相互交织，仿佛源于一个天衣无缝的计划。关联代替了巧合，清楚地表明因果之间的完美协作，起初恍若私语，之后是不容置疑地宣告：因为如此，就因为如此，岂有他哉！最终每一件事都逃不掉干系。我要洗车，天就下雨；女人洒了香水，男人欲火中烧；你哼着小曲不停，老虎就不会出现。是荒唐呢？还是巧合？真的是那小曲困住了老虎？命运之手，或者更干脆地说，命运操纵者之手，轻轻一推，骨牌沿着时间的通道一路翻倒，这就是历史。

两年前，诗人亨利·努金特，我的导师，也是朋友，由于第二次婚姻的突然失败而陷入痛苦之中。事后回想，迹象早就有了：孩子带来的烦恼，高龄双亲的病逝，还有事业上的成败得失。如今，在说不清道不明的中年危机之上，又加上婚姻的压力。他们的婚姻勉强维持了17年，终于"寿终正寝"。

努金特夫妇是在肯塔基东南部一座很小的州立大学认识的，当时她是个学生，他是英语系的副教授。努金特的第一次婚姻完全是情欲和错误的产物，沉闷乏味地熬了7年，没有孩子，没有家产，终如他们所自称的，"友好地"分手了。刚离婚的亨利·努金特，当时还只30岁，生就一副孩子气的漂亮面孔，有一个朝着终身教职稳步迈进的职位，没有什么明显的情感包袱，文学事业也初步有成，第一部诗集已经摆在了书架上。那位前努金特太太呢，芳龄不过20，意大利裔，皮肤略黑，是个难得的美人儿，拥有一个容易就业的学位，有头脑，有野心，与男人相处极有分寸，正像你常看到的那些和一群兄弟一块儿长大的女孩子。她的娇躯和心智都是那么完美，结合在一起远远超过了部分之和。此后20年里的最好时光，亨利都在尝试用诗来描绘它们。她雪白的大腿内侧肌肤，脐下毛发的深线，躺在他身边时躯体的优美曲线，都是他早年精心创作的无数十四行诗、六节诗和法国十九行诗的永恒主题。反过来，亨利吸引她的，是他身上潇洒学者和狂放的抒情诗人两种气质的均衡融合，这也是努金特一直努力保持的。问题是，如果女人在20岁时会崇拜诗歌，乐意充当诗人的缪斯，30岁时她们开始厌烦了，到了40岁，她们将视此为对私人生活的侵犯，而且政治上是不正确的。她们不愿做缪斯。她们有自己的一套说法。可她，那时刚刚20岁。

他们互为对方打动，结了婚，搬到俄亥俄州，生了孩子，日子似乎过得非常快乐。直到她37岁生日前的某一天，她打电话给我，说她受够了，只想好好休息，一天都不能再忍受。她带着儿子，开着一辆别克，径直回到肯塔基。她下一次返回故家，已是他接到离婚文件，迫于法律和习俗而被迫迁出之后。很多西方男人都尝过这种滋味。

后来，不那么好听的细节逐渐浮出水面：原来是和鸡肉加工厂的某个中层管理人员有了一腿。这种品牌的肉鸡，常去副食店的人都知道。人们压低声音的议论中夹杂着"诊断""胃口"和"倾向"等字眼，大家免不了要谈到那些隐私的话题，不忠啦，背叛啦，彼此折磨，好端端的家庭破碎了。朋友的安慰没有用，祈祷也没有用，最终只有无尽的悲伤。所有这一类事件，其结果无一不是悲伤。一个大不幸，发生在一个也许并不完美的好人身上。

如果说，爱与死是不朽的主题，那么，在诗人的生活中，爱的死亡，是一桩可预期的故事。

我的朋友一夜之间失去了家，像漂离了码头的小船。四十七年的人生，如今空荡荡的一无所有。他失去了妻儿，失去了用贷款买的四卧室错层式住房，失去了一切可能的美好前景。像许多买了很好的人寿保险的离婚男人一样，他得出一个令人沮丧的结论，那就是，他能为这个"家"做的最有益的事，就是横尸街头。律师劝他，凡事从长计议，切忌冲动。

就在离婚官司进行之际，他的第四部诗集《忠告》，由一家很有名望的大学出版社出版了。诗集题献给即将变成前妻的那个女人和他的儿子。前者对此嗤之以鼻，孩子则茫然无知，而且由于他婚姻的失败，儿子将不再属于他。《华盛顿邮报》上一篇简短而热情的评论，虽然有助于诗集的销售，使其初版一个周末就卖掉一半，却也未能振奋他的情绪。好几个月时间，他忙于离婚官司，应付律师和私人调查员，出庭作证，接受问讯，备受折磨和困扰。一个受过严格训练的学者，一个精于语言的诗人，现在却不得不去弄懂各种法律、案例、控诉和反诉。有一次他称他的儿子为"未成年的孩子"，我当场提出异议。我不能容忍用这么一个所谓精确的法律词语来称呼那可爱的男孩，他既有母亲的聪明，又有父亲的头脑，像他一样幽默，长着她的棕色大眼睛。他一直在精心起草证词和法庭上的总结陈词，我告诉他，用不上，双方律师都不会吝啬按小时收费的时间。

当原告被告花光了本来为孩子积蓄的大学学费之后，拿着高薪在法庭上唇枪舌剑的律师们，却相约去吃寿司，瓜分他们的战利品，并且约好，如果天气允许，案子负担也不重，周末还可以去好好玩一把高尔夫球。

事情结束了。

比料想的更快，"忠告"就这么毫不含糊地、不可变更地完成了使命。

放在更广阔的背景上，一个游荡在俄亥俄中南部的伤心男人，在那些更大的不幸面前，实在微不足道。战火纷飞，饥饿肆虐，灾荒扼杀文明。穷人多多，饿殍遍地。在这样的世界里，一个有家产、有丰裕的退休金的白种男人，身体健康，职业正当，拥有对孩子的探访权，是很难让人同情的。

伤心是看不见的痛苦，不会致残，不留伤疤，没有自由停留和通行的许可证。但心仍然破碎了，灵魂在溃烂。创伤得不到医治，会带来致命后果。

在一个制造受害者如国家发行硬币一样随意的世界，努金特的遭遇再平常不过，因此很难获得世俗方式的救助。女人离婚，被看作是为自己的生活承担责任，是从受压迫的夫妻关系中自我解放。与此同时，离婚的男人则被人视为残次货品，不称职的父亲。心痛是他们应得的惩罚。

说实话，他几乎算不上孤独。看看周末的快餐店、电影院和购物中心，那里挤满了失去监护权的父母们，带着孩子享受那一点儿珍贵的"法定时间"。生活正常的父母，此刻留在家里，整理花园，打高尔夫球，坐在木头安详燃烧的壁炉边，无比惬意地欣赏老电影。没有监护权的父母过的是完全不同的生活：他们失去了根本，漂浮不定，如同在流亡中。一周的情感、自我约束和生活安排，都必须与败诉律师所谓的"自由探访权"相配合。和孩子在一起时，他们务必营造一点儿家庭的气氛。"塔可钟"快餐店代替了火鸡和土豆泥，购物中心权当是小镇的主街，人们惯说那才是最适合儿童成长的地方。正常的父母为孩子添置内衣、买牙齿矫正器；周末则为他们买玩具，答应将来带他们去迪士尼乐园。许多人后来放弃了努力，他们说，这对孩子未免太残酷，对自己也一样，太残酷。

一开始，努金特夫妇每周都给我打电话，有时一天一次，甚至一天两次。我知道我欠他们人情。十年前我的婚姻破裂时，他们是我忠实的听众。现在轮到我听他们诉苦，然后好言相劝，告诉他们，栽什么树，结什么果。当我提出和解的话头时，努金特太太就不再给我打电话，她可不想重归于好。但努金特一直打。他又气愤，又伤心，爱恨交织，快要发疯了。而我的同情不可能一直保持同样的温度，我觉得自己和他们的孩子处境无二：充满矛盾，疑惑难解，完全无能为力。不仅如此，这里还暗藏着一种危险：离婚就像艳遇和自杀一样，会传染人。

当俄亥俄这边悲剧正一幕幕上演时，我的朋友和编辑，诗人罗宾·罗伯逊，正在伦敦乔纳森·凯普出版公司他的办公室，料理手头未完的工作。他申请去爱尔兰纽布利斯的安纳马克里格庄园，现在的泰隆·古斯里艺术中心①入住一个月，申请已获准。他要整理自己的第一部手稿准备发表，在此期间，为其他作者出版长篇小说和作品集的这些工作将暂时搁下。

盛夏六月的纽布利斯，庄园四周的杜鹃花娇艳如火。房管主任伯纳德·洛林像往常一样在大花园里忙碌。园子里原先种

---

① 泰隆·古斯里艺术中心（Tyrone Guthrie Centre），是按照英国著名戏剧导演泰隆·古斯里的遗愿，将其祖宅改建而成的艺术中心，旨在为各种类型的创意艺术人士提供一个可居住的场所，1981年落成。

着玫瑰和一些常绿植物，现在新栽了几行青椒、茄子、番茄和洋蓟①。罗宾·罗伯逊坐在泰隆·古斯里的大书房凸窗边的桌旁。

他们总是把诗人安排在书房。那位老话剧演员把安纳马克里格庄园赠给爱尔兰共和国和北爱尔兰的艺术委员会，希望用于和平。庄园坐落在湖泊和丘陵之间，距离边境3英里。音乐家被安排住在粉刷一新的马厩，画家和雕塑家住在谷仓，作家住进大房子，其中小说家和剧作家在楼上，唯独诗人，每次都能享用一楼的泰隆·古斯里书房。书房极为宽敞，似乎有意与诗歌的博大主题相对应。摆了一张床，一座精美的大壁橱，屋子里还有足够大的地方任人踱步。高天花板，大壁炉，书桌临窗，花园美景尽收眼底，所有这一切，都暗示着一部气势恢宏的史诗性巨著。

这且不论。只愁别人施舍，或者自己拿东西换来香烟的伯纳德·洛林发现，诗人是最有创造力的烟鬼。

在这个6月的上午，伯纳德从打开的窗户探进身子，提议用他"简陋花园里小小一棵绿色植物"，换取诗人精心自卷的香

---

① 洋蓟（artichoke），也叫朝鲜蓟。据辞书介绍，是菊科菜蓟属Cynara的一种大型蓟多年生草本植物。未成熟头状花序的肉质部分是一种美味菜肴。叶也可食或凉拌。洋蓟原产地中海西部和中部地区，在古代已传到地中海东部地区，那时食用其嫩叶。现代的食用其花的类型最早于1400年左右见于意大利的记录。现广泛种植于美国的加利福尼亚、比利时、地中海附近各国及其他土壤肥沃气候温和潮湿的地区。最简单的吃法，是用清水煮熟后，沾调料食用，洋蓟可食用部位为花序。横切面颇似女性生殖器，故能引起性爱的联想。文中罗伯逊的诗，以及他和女友的对话，都有这方面的挑逗意味。

烟。罗宾点点头，同意了，接过那棵洋蓟放在桌上。

罗宾·罗伯逊凭窗远眺，寻找符合情境的诗题。在面前摊开的白纸上，他用黑墨水写下"洋蓟"两字，然后开始搜寻记忆，回想他为那位后来嫁给他的女士所预备的第一餐。

他准备的是蒸熟的洋蓟，配以奶油和芫荽的调料。

剥着洋蓟，他们变得若有所思。两个人隔桌而坐，时而对望一眼，旋即低下头，专注于面前的美食。剥吃洋蓟使他们的手湿乎乎暖烘烘的。缓慢的就餐过程中，他们默默无言，内心充满幻想。

蓟叶有着和人体最隐秘的部分同样的质地，那里也是生命的秘密之所在，它的卷边、绒毛和皱褶，全是为了制造快感而存在，抚弄和品尝它成为无可言喻的快乐。他目不转睛地看着她先是用舌头，而后是牙齿，最后是嘴唇，一步步享用着肥厚多肉的叶片。她也报以毫不掩饰的回望。

"啊，瞧这儿。"女人说道。她吃完第一片萼叶，露出洋蓟的花心，先是轻轻一舔，然后整个嘴唇抵上去，其间眼睛一直看着他，一边吃，一边发出心满意足的轻微声音，最后闭上了双眼。他把手指伸入到绒毛深处，感觉到那股清新的滑润，屋子里顿时充满了地中海的温暖气息。

"被啮食的叶子，"他写道，"在绿意盎然的颤动中消蚀，变成一张透明的膜。"

他把这句话分为四行，这样一来，由于每行结尾的停顿，就使诗句描写的世俗内容具有一种神圣的节奏。他认为，应当让读者掌握事实，而且要给他们时间消化。

仲夏季节，努金特夫妇的离婚协议墨水已干。她得到还有贷款没还完的房子、汽车和孩子的监护权；分走他养老金的一小半，但不如预想的多；双人大床她没要，拿到一点补偿。努金特有权探访孩子，但要定期支付赡养费。母亲留给他的家具大多争取回来了。他的前三部诗集装了满满几箱子，都归他。离婚期间，没人照管，书箱进了水，很多书泡坏了。他气愤地大声抱怨，而前妻则轻蔑地说："就这点事也值得大喊大叫？"还有一项是法庭文件中没有提到，但却无可争辩地属于他的，就是那些表达痛苦的字眼儿，从此以后成了他的常用语，频频出现在他的诗中。

与此同时，罗宾·罗伯逊选出一些诗作，整整齐齐的，准备寄给《纽约客》的诗歌编辑。《纽约客》自诩"可能是世界上最好的杂志"——毋庸讳言，要发表诗歌，它确实是最好的几种杂志之一。《纽约客》的女编辑每年收到的投稿成千上万，能采用的不过百首，顶多120首。除了要够精彩，全世界用英语写作的诗人都绞尽脑汁揣摩她的口味，这是获选发表的必要条件。她的欣赏品味有些怪，有些国际主义，完全不可预测。可是，一首诗如果能在《纽约客》上发表，读者肯定将大大超出可怜的同好小圈子。在最好的"小杂志"和文学季刊上，一首诗的读者顶多就是那几千甚至几百个订户。可是在这个文明星球上，读《纽约客》的人不下数十万。在股票经纪人、律师、妇科医生和广告代理的接待室里，人们无事乱翻以打发时间的就是这些杂志。人类学家、评奖委员会成员、从前的情人、毫不相干的陌生客，皆在读者之列。从洛杉矶到伦敦，从香港到巴黎，从悉尼到都柏林，上架供览的杂志中也少不了它。

明白了这一点，罗宾·罗伯逊在准备稿件的过程中，为什么要殚精竭虑地反复修改那首《洋蓟》就不足为奇了。他改写了首段的最后两行，后来又改回原来的句子："那敏锐的，紫红色的，男性的萌芽。""膜"字之后的破折号改为冒号。他觉得，无论寄什么作品给她，一定得是精品。

收到稿子，她当即决定采用，随即打电话来感谢他赐稿。不久，她寄来了相当优厚的稿酬，并把清样传真到他在伦敦的办公室。

《洋蓟》发表于 12 月份的那一期，时间就在亨利·努金特的 47 岁生日和圣诞节之间。那时他已搬进一套两卧的连幢洋房，恭贺生日和节日的是几只还没来得及开箱整理的纸盒子，里面是书和唱片。他，以及他那如今天各一方的前妻，是否当月就读到了《洋蓟》，没人知道。

为了庆祝首部诗作荣登《纽约客》，罗伯逊请了一个非常好的保姆照看孩子，带夫人去了牧羊人集市的一家黎巴嫩餐馆阿尔哈姆拉。菜单上有一道菜是羊蛋，当然，还有洋蓟。他后来对人说，羊蛋那道菜，他们没点。

由于版权限制，在此无法引用诗的全文。《洋蓟》总共 53 个字，12 行，分为两节，每节 6 行。但我斗胆抄出第二节的头三行，借此你可以大致领略其简劲的语言和特殊风格："然后内核外阻碍的茸毛，"诗人写道，"守卫着战利品的门。"为了增添韵味，他又加上补充性的一句："它那植物的酒杯。"

如果你手捧杂志，伸直胳膊，眯了眼远看，那首诗就像贴在冰箱上留给家人的便条，告诉他们晚饭吃什么，告诉他们孩子们在奶奶家，别忘了要喝的酒。也像简单的购物单。也可以说两者都像。文字排列得亲密无间，四周留白很多。语言直率坦诚，描写一棵洋蓟被剥开，等待被人享用。

我敢说，这首诗对于唤起读者心中最隐秘和最原始的欲望，有着永不厌止的热情，这正是其力量和魅力之所在。不仅如此，它对读者的影响——极度的感官兴奋和内心深处长久深埋的神秘愿望的惊醒——是始终如一的，不因性别、种族和年龄而有差异。你可以在家里从容读它，也可以与朋友或路人共赏。他们的反应没有例外：先是脸红，继而会心一笑，然后向你讨一份复印件。

对于诗人亨利·努金特，我的朋友和导师，俄亥俄已成伤心之地。探望儿子使他伤心，看见他依然深爱和猜疑的前妻，无异于时时提醒他失去的是什么。他试着用搬家的方法治疗伤痛。"就像参加一次守灵，"他说，"一次没有终结的守灵。死人终究是要埋葬的。"他买了一幢房子，把箱子搬过来，但新房子仍然感觉不像个家。儿子时常带着录像带来看他，睡日本床垫，吃炸鸡块，逐渐适应新的境况。

他要求休假，飞往爱尔兰，行前要求借住我在西克莱尔的农舍。2月的爱尔兰又冷又湿，毫无迷人之处。他命驾北上，到了戈尔韦、斯莱戈、贝尔法斯特，然后乘船去湖区，3月下旬，他返回西克莱尔，和我匆匆见了一面。天气依然老样子。

他看上去心绪烦躁，坐卧不宁。他的旅行疗法看来行不通。他要寻找的是爱情。

离婚后的那几个月，他的性生活非常频繁。这种情形在离婚者之间几无例外。除掉其他内容，婚姻差不多也就是一纸性合约，男人也好，女人也好，都急于向愿意亲近的人证明，他们的婚姻破裂，实在与性无关。于是，刚脱离婚姻者的激越的性游戏，取代了夫妻之间虽然欠缺点灵感但却舒适自如的性生活模式。新内衣买回来了，仰卧起坐练够了，洗澡更勤了，讲究修指甲了，浴液、面霜、精华液全派上用场了。新床单、新喷头，生活环境和方式全都焕然一新。每一次邂逅都像是一次试镜。这全都是记忆的好材料啊。

这样风花雪月的日子过了一年，亨利·努金特对于爱情更饥渴了。他需要的是，一位异性接纳他融入她的生活。

在西克莱尔和我告别之后，他继续西行。飞回俄亥俄后，他买了一辆凹背座椅的五档变速新车，驾车向西、向北，再向西。4月里，他从一座大学城寄来几张明信片，说他在那儿找了工作，教写作和诗歌阅读。在阅读课后排队等待他为《忠告》签名的人中，有一个教写作课的亭亭玉立的年轻女诗人。拿到书，她拍拍他的胳膊表示感谢并称赞他的诗，特别是写他和生病的儿子在克利夫兰的旅馆共度一夜的那首。

5月和6月的明信片先后寄自爱达荷、蒙大拿、俄勒冈和加利福尼亚。他在其中一张上写道："这些山丘使我想起甜蜜的意大利城市卡拉布利亚，处处美景，目不暇接。"我不明白他在说些什么。

7月里，明信片停了。到8月中旬，他来了一封短信，附了一张快照，上面是他和一位穿着印花裙子的年轻漂亮的女人搂在一起站在河边，背景是连绵的群山。他们看上去那么般配。我开始明白卡拉布利亚的意思了。

他们计划好一次晚餐。屋子里洋溢着久住的家的气氛。满架的书，桌上堆着的信件和杂志，明信片大小的已故大诗人和作家的肖像，用图钉钉在墙上。就连厨房里的声音也书香味十足：女人在那里精心烹调，男人在她准备的晚餐旁边阅读。食橱里，滤锅和盛放橄榄油的广口杯，翻得很旧的本地意大利风味的菜谱，跟她的第一部诗集和复印下来的关于她新作的评论堆挤在一起。

冰箱上，用磁块贴着《纽约客》杂志上剪下的一页，上面是一首诗。

"他是我朋友的伦敦编辑。"

"罗伯逊？真的？很好的一首诗。"

亨利仔细品味着第二节的倒数第二行："果实倒置，果肉摊开，一种自我展示，柔韧，耐嚼。"

"死气沉沉的冬天，只剩下灰暗和寒冷了，生命似乎难再生长，"她说，"在这样的季节读这样的诗句，真是一种享受。"

亨利大声念出来："残根在自身的汁液中隐隐作痛。"

他从来没有感到如此饥饿。

"喜欢洋蓟吗？"女人问他。

九月里寄到的明信片告诉我，他们结婚了。12月就要过生日的亨利，在电话里说："全是你那朋友罗伯逊的错，那首诗，那首《洋蓟》。"隔着电话线我都能感觉到他在露齿微笑。

身为医生的名诗人威廉·卡洛斯·威廉斯曾经在诗里写道，人每日每时为他们在诗中错失的东西而死。我把这意思讲给罗宾听，我说，人每日每时都在诞生，重生，他们的存在归功于诗。

有些日子我确信上帝的存在，有些日子则不然。大多数日子我站在那位法国的机会主义者布莱斯·帕斯卡尔一边。他的名言是，相信名不符实的事物，胜过不相信名副其实的事物。在天赋的才智中，最珍贵的莫过于语言，那是命名、宣告和确认的权力，从混乱喧嚣的虚空中，精炼出我们对空中飞鸟、海底游鱼和原野上的花朵，对蔑视和喜爱、快乐和痛苦，对于美和秩序，美和秩序的匮乏，对于所有这一切的准确言说。在一个为某种力量所主宰的世界，并非所有结局都美满，也并非每句话都是吉祥的祝福。但每一次死亡总有一些补救；每一次丧失，总有一个写着我们姓名的复活节；每一次悲伤，总有爱作为安慰。

就在这样的世界，诗人亨利·努金特，我的朋友和导师，在表达欢乐的词汇重回他的语言宝库之后，挥笔写下一首名为《重九》的诗。《重九》是一首新婚喜歌，一种古老的诗体，原意是"为洞房之夜而作"，一种婚礼诗。所罗门的《雅歌》就是其中一例："我的爱人，你美丽又快乐，我们的婚床是绿色的。"古希腊女诗人萨福在她那些具有令人惊讶的现代感的诗歌残篇中，极为巧妙地把婚姻之神海曼与战神阿瑞斯的精神糅合在一起："把横梁抬得高些，再高些"，因为"丈夫比那些高大的人还要高大"，告诉工人，"把房顶搭得高些，再高些"，如此，你们的主人方能"跨进房门"。这样的话语里，引诱的意味是多么浓。

在他自己的诗中，努金特首先表达了对婚姻习俗无可厚非的谨慎；其次，他希望，他们的"天长地久"至少能持续30年，而此后岁月的每一个花朝月夕，都能保持新婚之夜的那种激情——尽管无论从常识还是从习惯上都不太可能。在诗中，他根本无法不陶醉于这种数学游戏。

诗分两段，每段九行，采用松散的抑扬格，一种近似心跳的韵律：扑通，扑通，扑通，扑通。想想莎士比亚的名句："我从前的恋爱是假非真，今晚才遇见绝世的佳人！"①

或许正是诗中的反讽语调，音韵上的完美以及形式与内容的和谐统一，推动诗意达到了高潮。这才打动了《纽约客》的女编辑，她接受了努金特的作品，开来稿费，寄来校样，并表示衷心的感谢。

为此，我的朋友和编辑，诗人罗宾·罗伯逊，将在他伦敦的办公室发出会心的微笑。作为一个深知语言之力量的男人，他将把这首诗从杂志上剪下，带回家，贴在冰箱上，让他那结婚九年的妻子读到，从而产生我们都能想到却不便说出来的浪漫效果。

到了适当的时候，她会把自己对这首诗的特殊喜爱讲给人听，版权也不能阻挡我在此分享这样的诗章：

我们如此宣告我们诚挚的梦想：

我会，我愿意，阿门，就在这里，让我们

尽情吃喝，欢欢喜喜。

婚姻乃是隐私

堂皇的公开展露：

支票本和生殖器，家庭用品，懦夫，

① 出自《罗密欧与朱丽叶》第一幕第五场，此处采用朱生豪译文。

老姨妈平息的所有疑虑，牧师的
安全说教，叮当作响的杯子
加固了真正把我们永远
联系在一起的纽带，装扮到极美。

亲爱的，考虑到年龄和寿命，
我承认，也许只有三十年。
除掉不幸和不合时宜的日子，
一万个清晨，一万个黄昏，
老天，请给我们一万个今天这样温润的夜，
当我们把所有誓言全抛在一边，
让肉体相互吸引。如此，爱乃是减法：
从寻常时间中减去不确定的——
我们还有九千、九百、九十九天。

高尔夫墓场

读、写、唱、叹息、沉默、祈祷，

背负十字架，像个男子汉；为了永生

这些都值得，包括更艰难的战斗。

——托马斯·肯皮斯①

事情发生在加利福尼亚上空。当时我正飞往洛杉矶去朗诵我的诗，预定要去 4 个地方：亨廷顿图书馆，加州大学洛城分校，圣伯纳迪诺，还有波莫纳学院。活动之余，有 4 天时间在南加州自由观光。秋高气爽的九月底，草木碧色犹在。这一年，母亲去世，我戒了酒。坐在飞机上，透过舷窗眺望，天空晴朗，四望无云，机身下的美国大地尽收眼底。辽阔的蓝天，累累结实的平原，雄伟的深色山脉。

我为自己感到庆幸。

在如此美好的一天享受自己首次横越美洲大地的飞行，

除了机票和食宿不需自掏腰包，还另有一笔酬金。也就是说，我是个诗人，我的诗加州人民肯花钱请我去朗诵。这是多

---

① 托马斯·肯皮斯（Thomas à Kempis, 1380—1471），德国修士，著名的《效仿基督》（*The Imitationof Christ*）一书的作者。

么好的酬报啊！在密歇根，母亲身患癌症，奄奄一息。她不止一次对医生说"够了，够了"，要医生终止化疗。我呢，像是正从这件事的阴影中逃出来。

我害怕死亡。

我们从底特律起飞，首先飞过密歇根湖，然后是连绵起伏的中西部和平原各州，然后是西部的崇山深谷，最后是拉斯维加斯和雷诺以西的大沙漠，沙漠之后，圣伯纳迪诺山脉最西的峰峦远远现出身影。莫哈维河谷一片干涸的棕黄色，直到地形将由沙漠变成山区，我才看见一块呈不规则正方形的绿地。那是一种说不清楚的绿色，像是将凯里郡或维尔京戈尔达岛的绿意特意涂抹到沙漠和山麓小丘上。由于不知道飞机是在什么高度，对于其面积，我只能猜个大概，也许有两百英亩。我们已经准备要降落了吗？你瞧，机长已打开"系上安全带"的指示灯，后倾的座椅也已恢复正常位置。

"是个高尔夫球场吧！"我心里想。从空中俯瞰，我只能看见按几何形状排列整齐的树木和弯弯曲曲的不规则小道。"老天！也可能是墓地啊！"我又想到，"这是在加州，两者都有可能。"

在我们中西部人眼里，加利福尼亚不仅仅是一个州，一个时区，那里的习俗和我们不同，简直就是另一个世界。那儿和底特律、克利夫兰或伊利诺斯之间的共同点，恐怕还不如与猎户星座之间多。

一瞬间，那个念头油然而生。是啊，两者都可能！

从那以后，我一直暗地琢磨这件事。

正常的人没有谁会喜欢葬礼——发现这一事实无须任何才能。我不觉得对此需要搞一次特别投票或 CNN（全国有线电视网）那种规模的民意调查。大多数人肯定是宁买衣物和食品，也不会没事买口棺材或买块墓地玩。如果让他们选择，他们宁肯挖河，也不会去殡仪馆打工。就连医生都会说"这也许有点吃力"的重体力活，让 100 个人来挑，99 人会选它而不愿去为死者涂防腐油。随机的消费者偏好调查发现，从来没见有人愿以"哀哭和悲悼"打发假期。想想看，一个殡仪员能当选总统吗？殡葬是阴暗悲惨的行当，我过去这么看，现在这么看，将来还是这么看。人们或许信任（父亲常说，人生最后一步交给你了）、赞赏（我不知道你是怎么做到的！）和容忍（好吧，总得有人来做）我们，甚至爱我们，尽管爱我们的人也经常会怀疑（在摸过那些……之后你怎么还能让他抚摸你？）。等待葬礼的男人和女人，谁会期待一场葬礼带来喜悦？也许税务官员、电话营销员、前妻前夫那凶神恶煞般的律师的死能让人高兴一时吧，可是这样的机会，一生中能遇到几次呢？

更糟糕的是，集中全世界的广告万炮齐轰，也不能为这行业拓展一点市场。说我们的停车场宽大，说我们的铜棺不惜血本大甩卖，说我们分期付款条件放宽，还是我们一天 24 小时无休的服务？凭你说得天花乱坠，顾客对葬礼就是没兴趣！这可不像推销快餐食品，说到"两块牛肉饼、特制调料、加生菜、奶酪、酸黄瓜、洋葱，用带芝麻的面包"，我们顿时胃口大开。听到有人用暗示的语气说："不想放松一下吗？"我们谁能抗拒巴甫洛夫式的条件反射，不从心里感到兴奋？贷款利率只要一下降，民众纷纷出动，争购那些"大件商品"，房子、汽车、享乐用具——但绝对没有谁会抢着办葬礼。神气十足的少男少女，一身短装打扮，说话嗲声嗲气，脸上挂着不容拒绝的笑容，不费吹灰之力就把我们搞定，卖给我们原本不需要的雪佛兰汽车，不需要的香水，不需要的万宝路香烟，不需要的游艇，以及电脑和健身器材。有的多多益善，有的越少越讲究越好，有的更新、更先进，有的更快、更便宜、更性感、更大或者更小……然而一人一葬礼，这是千百年来雷打不动的规律。而绝大多数人仍觉得，就是这唯一的一次葬礼，还是太多。事实就这么明摆着。

所以，人们对待葬礼和殡仪员的态度，好比有人问你：想不想染上痔疮、长个疖子、来几天便秘？你不假思索，脱口而出："谢了！"一边后退，一边干笑："不要，真的不要，多谢了！"

在这发人深思的事实中，也有一些例外。

而异常情况常常更能说明问题。

比如诗人，几乎总是把衣履整齐地参加葬礼并沉痛致辞的机会，当作对于日常孤独生活的合理调剂，届时如果还有免费饮料和以瑞典肉丸为主食的自助大餐，则无异于锦上添花。一位评论过我的诗作的批评家，非常正确地把诗人称为"剥制文学标本的人"，因为他们企图把事物封冻在时间里，总是情不自禁地虚构出早已远离人世的姑姑或舅舅，作为吟叹的题目。他说得没错。开怀一笑，放声哀哭，美酒佳肴大吃一通，对诗人而言全是一码事儿。不干这个，他们就寻章觅句，搜索枯肠，寻找值得歌咏的题目，推敲金声玉振的佳句。传世的演说和传世的诗歌一样，无非期盼着勒石永志。诗人们懂得，现身葬礼，伫立墓畔，等于与永久的记忆为邻。耳朵竖起，聆听对永恒的副词、人生最本质的问题的回答。我们惯引叶芝的名句："当世界再次毁灭，愿这些英名永存。"

神职人员的结论是，较之洗礼和婚礼，葬礼更能促使虔诚的信徒严肃面对他们的信仰。死亡使我们获得前所未有的洞察力。死亡就是虚幻的一切轰然崩塌的瞬间。死亡就是真相毕现的瞬间，死亡的真相使预言者和传道者的断言相形失色。信仰不需要加入唱诗班高歌，不需要烤蛋糕或捐钱造楼，不需要引座员、教堂执事、长者或牧师。信仰是为了我们垂死的那一刻，为了我们亲爱的人的垂死的那一刻。最成功的牧师或神职人员深谙如何"引导"，他们允许信徒们——无论是犹太教徒、基督徒、穆斯林、佛教徒，或是持有其他不同信仰的各种人像普通人一样哀恸。他们承认我们有哭泣和歌舞的需要，有遵从和亵渎圣典教条的需要，也有敬仰和责难上帝的需要。

叔伯大爷们找到我们藏在耳后的分币，魔术师从帽子里变出兔子。时机把握得好，任何巧言善辩者都能说得天花乱坠，顽石点头。但信仰，唯有信仰，才能叫死者复活，行走于我们之间，在我们心灵的暗夜里与我们倾心交谈。

所以，拉比也好，宣道师也好，牧师和高级神职人员也好，他们都能为自己的神圣职业找到漂亮的说辞。但对我们凡夫俗子，要这些教堂、寺庙、道观、清真寺何用？那些教士觉得葬礼麻烦多事，认为浪费的时间不如用来祈祷，浪费的金钱不如花在彩色玻璃和钟楼上，他们真该想想，丧钟究竟为谁而鸣？他们听而不闻。当我们亲近的人死去，来世这个词就有了非同寻常的意义。信仰是为伤心欲绝的人，为受苦受难的人，为满腹疑问的人，为死者而存在的。葬礼提供了他们聚集一堂的机会。一些牧师逐渐习惯和接受了，他们出现在葬礼上，表现出恰如其分的从容和同情，如果放在别人身上，我们还以为是虚伪。我把自己从事的职业看作上苍最慷慨的恩赐，我因此认识了那些信仰坚定的男男女女，那些令人信服的见证者，他们站在死者与生者之间，宣告："看啊，我要告诉你一个大大的秘密……"

有些民族的人，生来就认同葬礼的习俗，认为黑色的丧服和挽歌，确是一种感情上强有力的足以激励精神的沟通生死的方式。透过死亡仪式，在生活中原本捉摸不定的东西，晴空一样一览无余地展现在他们眼前。无论我们怎样对待死者——把他们埋入深深的墓穴，把他们架在树上任由鸟雀啄食，焚化他们，还是把他们送上太空；无论是安魂曲，痛切的悼词，风笛或爵士乐队；无论葬以华棺还是裹尸布，我们就是这样的种族，慎终追远，知道死者永远多于我们活着的人。所以，爱尔兰移民也好，散布世界各地的犹太人也好，北美黑人以及那些因为主义和信仰而遭受迫害的逃亡者、流放者和囚徒也好，都迎着人口学家和社会学家审视的目光，对与死亡有关的仪式和礼节表现出高度的宽容，并几乎成为一种喜好。

不仅如此，这种认同的依据，不外乎生活中的微小细节：饮食，音乐，过错和罪恶，三姑六婆、表兄堂妹的亲吻，狂喜，气质，心灵对回家的渴望。

相对于大众对葬礼的厌嫌，另一批例外的人，正是我们这些以丧葬为生者。对常人而言看似矛盾的一句话——"好"的葬礼，却是殡仪员的口头禅。虽然我承认，有些人进入这一行，是因为豪华轿车，因为笔挺的黑西装，或听说很来钱，事实是，对于不是真正热爱殡仪工作的人，损耗是很高的。任何新手，如果不能急别人之所需，或如我们的口号所说，"照顾死者以服务生者"，并从中获得满足，他们绝对做不久，除非他们早早发了财。但大多数殡葬业者的情形是：孩子上得起教会学校，上不起寄宿学校；住的是灰浆砖房，时时为家庭收支发愁；办公电话摆在床头，晚饭时光和与家人共享天伦之乐的时光，随时被求助电话打断，想想看，如果仅仅是生意，不能从职业中得到满足，谁肯这么干？谁愿意在圣诞节去为死人涂抹防腐油，或陪伴刚刚丧偶的老人守在妻子灵前？或安慰患了白血病的母亲，听她谈论她对孩子将要失去母亲的担忧？只有那些相信自己之所为，不仅是为了生意，不仅是为了赚取起码的生活费用，而是有益于整个人类的人，才能一直坚持下去。

我的同事韦斯利·莱斯，有一次曾花费整整一天一夜，精心缝合一个小姑娘被砸碎的头颅。一个疯子诱奸了她之后，用棒球棒把她打死。出事那天是学校的照相日，小姑娘一早打扮得漂漂亮亮，一个女学生，穿上最好的衣服，挥手告别妈妈，去见摄影师。相没有照成，她在巴士站被骗走，尸体第二天在南边不远公路边的树丛中被发现。疯汉奸污她之后，掐她脖子，拿刀捅她，最后用棒球棒砸她脑袋。发现时，球棒就丢弃在她的尸首旁。当地媒体不动感情地报道了案件详情，推断哪处伤才是致命的，是掐伤、刀伤，还是棒伤？验尸验了两次，死亡证书上的结论是多处受创，益发加剧了公众的猜测。多数人遇到这种情况，打开尸袋一看，用药物处理一下以防散发异味，然后拉上拉链，说声"闭棺吧"，拍屁股走人，回家喝鸡尾酒去了。这样做容易多了，收费分文不少。但韦斯利·莱斯不这么做，他立马开始工作。过了 18 个小时，坚持要见女儿最后一面的母亲来了，她见到了女儿。不错，女儿死了，身体受到了摧残，但她的脸回复了原样，不再是罪犯留下的惨状。她的头发、她的身体，都是她原来的样子，而不是罪犯强加给她的一片血污。韦斯利·莱斯无力让她复活，但也决不隐藏真相，凶手造成的死亡，在他手中得到了补救。他为她合上眼睛和嘴巴，洗净伤处，缝合创口，接上打碎的骨头，缝起验尸时留下的刀痕，清掉指甲里的污泥，擦去捺指纹时沾上的油泥，为她洗头，替她穿上牛仔裤和翻领毛衣，安放在棺中。母亲在棺边守了两天，哀哭不止，仿佛被撕去一片心头肉。牧师站在她身边，安慰她说"上帝与你同声哭泣"，意义在此。他们将女孩安葬，意义也在此。这永远都是可怕的、难以忍受的悲伤。但愤怒、恐怖和伤心，不属于凶手、媒体或停尸房，尽管他们每一方都曾声称自己拥有支配权。它属于女孩及其母亲。韦斯利将遗体归还给她们。杰茜卡·米特福德曾经说："折腾死者的遗体有点野蛮。"我要说，用棒球棒杀人的那个衣冠禽兽才真的"野蛮"。韦斯利·莱斯行的是善事。身边发生的悲剧，比想象到的、比在报纸上读到的、比在晚间新闻中看到的，更容易引起我们的悲伤，据此，莱斯所做的，就是我们殡葬业所说的"好的葬礼"。

就是通过照顾好死者以服务生者。

可是除了上述极少数人——诗人、教士、其他民族和殡葬业者，"看重"葬礼的人确实凤毛麟角，尤其是当他们还年轻健康，用不着医生的关怀，用不着天天吃药之时。可以断言，相当一部分美国人，同样还有英国人、日本人和中国人，对如何"告别"，如何"哀惜"，如何让死者入土为安，多少年来一直漠然。

置身在加利福尼亚的上空，我脑子里灵光一闪，突然想到：对土地最意味深长和最有价值的使用，如今可以合而为一了。土地自古至今从未间断地担负着的接纳死者的神圣责任，已和蓬勃发展的高尔夫球事业密不可分，这使我凭着后现代主义式的灵感，产生了一个美妙的幻想：两百亩的一块土地，寄托了哀思，又奉献给可爱的球洞；在那里你尽可以凭吊你的莱瑞叔叔，同时不妨挥杆一击；你为一记没打好的球难过，又可以伏在父母坟头痛哭。这是什么样的情景啊！一座"高尔夫墓场"！它将一劳永逸地彻底解决星期日的两难问题：去教堂前，去教堂后，或干脆不去教堂时，到底做什么好？以前做丈夫的，若想趁着风和日丽享受打上几杆的乐趣，不得不一次次保证"下周末"一定擦窗户，弄得自己狼狈不堪。可如今呢，尽管理直气壮地抓起球鞋球具，告诉太太，我要去"家族墓地"一趟！他可能会不经意提到什么"思念之情""公事未完""大人和孩子间的问题有待解决"，或者说，他"做了一些梦"，觉得自己"身心疲惫"。对这么重要的大事，一个好太太怎能出言阻拦。排解愁绪的同时，如果碰巧天气不错，顺便打一场高尔夫球，9洞、18洞、27洞，又有什么不可以呢？

两个自我就这样开始了对话。怀疑者和虔信者，每个人心中都有两面。我在洛杉矶朗诵诗作，和文友聚谈，在签售现场和酒会上被热情的文学爱好者包围。尽管如此，心里一直搁不下病危的母亲，搁不下"高尔夫墓场"的念头。亨廷顿图书馆的朗诵结束后，我问女馆长，如果有四天自由时间在南加州，去哪儿比较好？她回答："圣塔芭芭拉。"于是我去了圣塔芭芭拉。

每块场地大约占地十亩，一个球场18个场地。再加上练习场、会员室、水池，餐厅和停车场，又要20亩。这样，一个球场共占地200亩。把实际使用的亩数，180，乘以每亩地的墓穴数，1000，减去绿地、池塘障碍和沙坑的占地，前面九个球场的占地可容纳近8000个墓穴，后排也一样。简单说来就是，18个球场的占地，足可安葬1.5万个成人。这还不是全部。你得加上撒进沙障里的骨灰，撒进池塘里的老海军陆战队员和老水手的骨灰，和嵌进会员俱乐部墙里的意大利人的骨灰。瞧，任何人都能得出结论：这片山地可真是金山银山呐！

你尽可以笑话我，但你不妨自己算一算。把一块农田修建成"玫瑰园高尔夫墓场""凉亭高尔夫墓场"或"梨树高尔夫墓场"，假设买地的价钱是每亩1万元，兴建费用同样。起名字最好考虑到对高尔夫球场对墓地都合适，像"格仑憩园""大草坪""橡树丘""卵石滩"，一名两用，何乐而不为？总的来说，命名的根据是这儿的景色。算下来，土地耗资两百万，建筑工程，包括会员俱乐部、绿地和池塘，也是两百万，加起来，前期投资共是400万。万事俱备，你招来浩浩荡荡一帮电话推销员兼丧事顾问，瞅准晚饭时间电话打上门，以"试销特惠价"兜揽生意，一款墓穴500元，实在便宜不过。你的总进账是750

万。再加上火化费100元，骨灰抛撒费100元，不等客人花钱打球，付草坪费，在你开的专用品店买高尔夫球、高价球帽或球具，你的资金已经翻了一番。我们还没算你顺手卖出的球场边的房子，有些人就喜欢住在森林草坪的球道上。房子风景好，5.05万一套。你就忙着发折扣券吧。财源滚滚，超乎想象。再想想看：当地人愿付多少钱以求葬在，打个比方：约翰·戴利或阿诺·帕尔默长眠的那条球道上，多少人愿意埋在沙坑障碍下，等待杰克·尼克劳斯一球击过？打球，选墓；选墓，打球，这里边可以玩多少小花招啊！还有各种一揽子生意呢：第十八洞旁的一套公寓，第三球场区的六块墓地，每周五晚上的预留餐位，为太太开办的网球学习班，可能还附赠为你和最好的双打搭档免费摄像，供你将来在追悼会上播放，使吊唁者都能回想起你的音容笑貌，你的姓名和刻在第十九洞墙上的你的生卒年月——你的球友会在此触景生情，不免以醉解愁，为失去你而哭泣。所有这一切，一次廉价付清，你每一分的支出都物超所值。

20世纪许许多多的成功故事，其核心是那股子搞行业大联合、搞企业集团、集各色商品和服务于一身的冲动。肉店、面包店、烛台店，全过时了。我们迈进超市，肉也买了，面包也买了，汽车润滑油也买了，付了电费账单，租了录像带，在银行取钱转账，一次全部搞定。与此类似，街角的加油站附带卖起卫生棉条和牙膏（自然，没人出来检查你的油箱，玻璃墙后面那个老闹失眠的家伙也不会帮你修刹车、更换雨刷了）。教堂不再是松林中的尖顶小屋，它成了提供人类服务的富丽堂皇的大建筑。同一座屋顶下，会聚着日托中心、危机处理小组、《圣经》研习班，还有地下骨灰安置处。20世纪80年代最了不起的电视布道家——巴克斯、斯瓦加茨、福尔威尔——就像时兴的主题公园、大学和综合医院，管它地产税有多高，建得越大越好。这种倾向，从当今许多超级大教堂的出现中也能看出，重娱乐而非激发灵感，重博取好感而非真心崇拜，或许这是从几代人的经验和智慧中产生的，他们意识到，这和造就一个帐篷时代三个场子同时演出的大马戏团的方法是完全一样的。活跃的电视福音布道家，一些进了监狱，一些在竞选总统，另一些则逐渐被人遗忘。但他们看来都在不遗余力地推销什么，一个为灵魂服务的一站式购物中心：治疗，宽恕，卡罗来纳钟点房，音乐传教，水上公园，朝圣旅行，全都可以记在你的信用卡账单上。

同理，电脑网络说穿了，不过是一个新兴的大市场，一个全球购物中心。你只需端坐家中，大门不出，就能从戈尔韦的书店买书，订一份比萨饼，外加小点心，和对婚姻感到厌倦的陌生人聊点黄色话题，甚至可以查一下博茨瓦纳的人口资料："家庭办公室"——这在20年前简直难以想象。

多功能、多目的、多用途的事物，已控制了市场和我的想象力。

从前我也遇到过这种事。

几年前，火葬还不时兴，我想到一个"骨灰纪念品"的好主意。据我的长期观察，决定将死者火化的人，和选择土葬者一样，也需要用某种方式寄托对亲人的思念。土葬以坟墓和石碑的方式留下纪念，含义丰富但却沉默，否则等于浪费。火化留下的只有骨灰和碎骨片。想到若是用这些无用之物，制成些派得上用场的纪念品，在不幸之中找到些许纪念，岂不两全其美！这种想法可追溯到清教徒崇尚实用的价值观。他们似乎认为，死者应当从冰凉的骨灰中解放出来，除了仅供亲人悼念，还应发挥更好的作用。

停灵的房间如果摆满鲜花，人们总是觉得"太可惜了""太浪费了"；如果是在茶会上，招待来访的教授学者，同样的鲜花围绕，大家都会赞叹"真是漂亮极了"；生下三胞胎的母亲，或刚刚做了三胞胎分离手术的孩子，躺在唐菖蒲花丛中，这些花儿又会被认为是"饱含着深情厚谊"；供奉在死者面前的花圈花环，多浪费，多不合适，钱还不如"花在别的地方呢"。多年以前，这种想法，加上火化的优点——人类遗体一瞬间变得简便易携，平均10~12磅，装在聚合物或合成树脂的盒子里再便利不过了——激发了我的灵感：骨灰纪念品。让死者走出骨灰，继续生活吧！与其百无聊赖地呆在骨灰坛子里，已故的猎手难道还会介意将其遗骸制成泥塑鸽子和鸭子？渔夫大爷的骨灰混合其他配料做成拟饵或塑料虫子，也许可以郑重其事地赠送给心爱的小孙子呢。牧师太太为人娴静、高雅且能干，最好烧成一套茶具，每张茶碟都刻上她的芳名。保龄球手的骨灰可以做成透明的保龄球、保龄球瓶，或者是他们总扔来扔去的松香袋。交谊舞舞者变成奥卡利那笛，爱猫人变成纪念版猫砂。依此而行，花样无穷。赌徒的骨灰做成骰子和筹码，汽车迷的骨灰做成排挡、扳手或发动机罩上的小饰物，或者全家合起来做一个汽车毂盖。多年埋首厨房，美食家哪一个不愿变成纪念版煮蛋计时器，让自己的残灰在时间的支轴上滑来滑去呢？书挡和各种零碎小物件，可用除此之外既无用又招人厌烦的骨灰来做。故去的人由于废物利用而变得有价值，加上"纪念"的含义，价值就更大了。

无人认领、无人安葬或供奉在壁龛里的骨灰，我们照例存放在壁橱里。十年下来，积攒了上百盒。看起来是没人要了，可我多少有点担心，万一失火怎么办？说不定要吃官司呢。亲友突然现身，要求赔偿"损失"。确实，即使是一盒骨灰，也能有损失。每年圣诞节前后，我们挨家打电话，问他们是否决定把骨灰领回家。基本不起作用，骨灰盒仍然堆在那里。有一年圣诞节，弟弟艾迪提议，把存放骨灰的壁橱改叫"追思橱"，除非在 30 天内被领走，不然要每月收取 25 元的费用。信发出去，电话也打了。表兄堂弟，继子养女，一夜之间，不知从哪儿全冒出来了。改嫁多年的寡妇也回来了。到复活节时，追思橱差不多就空了。艾迪感叹说，完全是奇迹啊。

人们对待骨灰盒，对待亲人的遗留物的态度委实令人惊讶。整个冬天和春天，我观察那些认领骨灰的人，看他们的一举一动。有人咧嘴大笑，谈着天气，捧起骨灰盒，就像在五金店买的什么东西，或是在机场刚提出的行李，然后回头就扔进了车后的行李箱，像是在扔一盒玉米片或者一包植物种子。有人小心翼翼，将写着姓名和生卒年月的黑色塑料盒子或棕色木盒子捧在手里，仿佛捧的是一件旧瓷器，或第一次接受的圣餐，而他们的手太卑贱、太脆弱，不够洁净，没资格触摸它。一位老妇来领她妹妹的骨灰，妹妹的子女不肯来，老人一个劲儿地替他们解释。她抱着妹妹的骨灰走向一辆蓝色轿车，打开后车厢，合上，继而打开后座门，又关上。最后绕到前排驾驶座边上的座位，非常仔细地把骨灰摆平放好，稍停片刻，替它系上安全带，然后驾车离去。在有些人看来，这无异于揭开旧伤口。不为那玩意儿"劳神"一阵子就得交钱，他们显然觉得不快。"我要她的骨灰做什么用？"一个女人这样问我。她显然没去想，她母亲的骨灰，如果对她没用，对我不是更没用吗？

　　我在意的唯一一个母亲是生我养我的那个。她因癌症复发而生命垂危。一年半前她动了手术，切掉一边的肺。医生向她保证，所有癌细胞都已清除一净。"一切都会好的"，这句话消除了我们最大的恐惧，医生的承诺成了我们的救命稻草。可是他们错了。感恩节前后她开始咳嗽，一直咳到第二年春天情人节时。妹妹朱丽送她到医院。照过X光片，医生发现一处"病变"，建议做一个季节的放射治疗。我想，这个病变可不是一帖利尿剂或泻药就能治愈的。到六月，由于放疗，她的皮肤干枯发紫，但即使这种状况，我也没想到她会死。熬到八月，她说话的声音几不可闻，两肩疼痛不止，我们的希望只能寄托在肿瘤专家身上了。出于职业的冷静，他们让我们注意的是"病变"（理解肿瘤）的发展，而非眼前这个垂死的老人。他们把她的痛苦叫作"不适"，把她对死亡的畏惧叫作"焦虑"。她的身体不再友善，成了仇敌。

　　我从未刻意寻求"骨灰纪念品"计划的实现。你很难打动银行家和统计专家。有人说我想法超前，他说的没错。如今的行业刊物上已出现这类奇怪的广告，声称能用骨灰制成工艺品，这和几年前风靡一时的大理石蛋十分相似。有一次，我把一位老兄的骨灰装进透明的威士忌瓶里，死者的未亡人拿它当灯座用。她说："他总说我把'他'打开了。"① 每年的圣诞卡上她照旧签"贝芙和梅尔"两个名字。还有一位曾和我一起钓鱼的男士，他太太再婚后把他的骨灰送到我这里，托我撒在当年钓鲑鱼的皮尔-马克特河里。她把骨灰从我卖给她的坛子里倒进一只昂贵的斯坦利牌保温瓶里，说免得放在船上扎眼。"伪装一下嘛。"她笑着说，脸上是悲伤已过的神态。我看着暖瓶顺水漂流，漂到我们最中意的墓穴边，我实在不忍心让他落到这个下

_____

① 此处原文为："He always said I really turned him on"，也有"他总说我让他欲火焚身"的意思。

120

场，于是把他捞起来，埋在河边一棵桦树下。我在那儿堆些石块，在纸上写下他的名字和生卒年月，装进小盒，藏进石堆。希望他去世时路还走不稳的儿女，要是有朝一日来河边钓鱼或者向我问起他时，我能有个交代。

世界充满了奇妙的组合。有线电视公司买下电话公司，软件公司吞并硬件公司。没等你弄明白，电视上已炒得热火朝天。有的搭配不算什么，如"房车"，"医生协助的自杀"（medicide）。相比之下，一个高尔夫墓地，也离奇不到哪儿去。

此外，公墓一直被广泛地误解为把土地资源浪费在死人身上。常听到赞成火葬的论点，其根据是美国的土地不够用了，真是天方夜谭。但没人指责高尔夫球场越建越多。仅去年一年，我们米尔福德镇就新开了三家。无论是官员讲话，还是私人谈论，没人提出减少桥牌馆、乒乓球馆和其他娱乐活动的用地，好兴建廉价房屋和花园公寓。正相反，开发高尔夫球场，对房地产和建筑业是个好消息，值得那些喜欢住旅馆、下餐馆、逛服装店，认为人类天生就爱花钱买乐的人庆贺。用于纪念死者的土地总是被人质疑，而供生者享乐的设施却很少遇到这样的困扰。就我一生所见，电视屏幕的尺寸似乎与死者在我们生活和环境中所占的面积成反比。埃及金字塔是一个极端，亲人骨灰制成的挂件——脚链、手链、项链、钥匙坠——是另一个极端。我们给予逝者的空间越来越小，墓碑越来越矮，仪式越来越短，并越来越倾向于火化以节省土地，建更多的游乐场、停车场、手推车道和高尔夫球场。一座公墓如果拥有自然风光和历史景观，就会受欢迎，就好像人类死亡率的本质与历史所带来的启示与教训在任何一天都显得还不够。一方面，我们希望在那里举办各种群体活动，如小型音乐会和观鸟集会，但与此同时，社区活动必不可少的葬礼，反而越来越私人化。公墓仅仅是死者之家，仅仅是我们寄托哀思之地，仅仅是哀伤带来的烦躁和混乱情绪的避风港，仅仅提供安慰和宁静，那是远远不够的。我们希望公园和纪念馆也适当提供一点娱乐，具有多重功能。我们似乎只能这样劝慰死者，以少胜多，少就是多。而对于生者，再多也不多。

所以，把墓地和高尔夫球场揉在一起十分自然。两者都离不开大片绿地，核心都是挖洞，都需要扛东西的人，前者是球童，后者是抬棺人。

实际操作起来，问题一定很多。何时才能确实"下葬"？墓畔哀歌声中，球友如何轻松开打？整套礼仪怎么定？着装有什么讲究？墓碑怎么安放？怎么装饰？如何长期维护？老天，那些障碍怎么办？柩车该弄成什么样子？我们殡仪员呢，该打扮得像职业高尔夫球选手盖瑞·普雷尔那样吗？

母亲病重之日，我对上帝心怀怨恨。母亲活了 65 岁，想到她，我就想起父亲的话，"她一生过的应当说是好日子"。要么是遵从先辈的遗训，要么是她那个时代尚无可靠的避孕技术，母亲生养了 9 个孩子。身为音乐教师的女儿，她什么都懂，就是不懂"节奏"。现在支撑我的，是数字的力量。主我愤怒的那个上帝，也是她所熟知的上帝——他蓄着胡子，有大天使在侧，害怕被抛弃。这个酷爱恶作剧的坏心肠的家伙，从我们身下抽走椅子，往我们脸上扔领口花饰，拿闪电蜂鸣震动器来和我们握手，然后又疑惑我们为什么不"理解"，为什么竟"开不起玩笑"。

母亲，一个平·克劳斯贝和英格丽·褒曼式的天主教徒，她的天国里都是她亲爱的人：她的父母，她的姐妹，她年轻时的朋友。她的天国之家精细到连每一块垫布都具体鲜明。

圣塔芭芭拉南边临海的"米拉玛"饭店，熊色的屋顶，白色的护墙板，入住之后，我只想在这里躲4天，躲开那些令人烦恼的事。我信步走到海边，鸥鸽、海鸥和鸬鹚嘎嘎乱叫，箭一般直冲水里。海水湛蓝，微波轻荡。太平洋就是太平洋。我需要这种安宁。我坐在码头上俯瞰海滩，晨光里，穿着鲜艳衣衫的人们缓步而行，或牵着名种狗溜达。在圣塔芭芭拉，人人都活得挺自在。我开始记下关于高尔夫墓地的构想。是不是大胆点，叫它"圣安德鲁"？人们愿意多花点钱长眠在球场绿地之下吗？一块坏草皮算不算不敬？墓碑怎么办？必须放弃，用什么代替呢？纪念球？这些问题纠缠着我，孩子一般争吵不休。我叫了咖啡，一份烤肉奶酪三明治。忍住诱惑没有租船出海。波浪起伏的海面闪着神秘之光，坐着看还真不错。一切都很好，日落时我完全陶醉在美景中。我拟定计划的细节，包括地点的选择，资金的筹措，宣传攻势和董事会的组成。我们的墓园为何不能兼顾玩乐和健身？苦与乐同样好对付，哭与笑是同样的宣泄。我不知道下一步该做什么，是笑还是哭。

母亲相信苦难的救赎作用，典型的例证是基督被钉十字架。家里的多数房间都有她供奉的这类小雕像。耶稣受难那天是个凶日子，是衡量其他一切日子的标准。母亲是 15 世纪神秘主义者托马斯·肯皮斯的忠实信徒，每天必读托马斯的《效仿基督》。遇到我们对生活中的不如意发出怨言时，她总会引证书中的话说："为受苦的灵魂而奉献。"我感觉这像是清教伦理的天主教修订版。如果你经历不幸，按她的逻辑，你可以为一个美好的理由而坦然承受。

我自问，谁是那些受难的灵魂？

和母亲一样，纯朴的爱尔兰人善于从坏事情中自我排解。他们站在及踝的泥水中挖墓穴，还要拿天气开玩笑，说："被雨淋的坟墓有福了。"在一个天天下雨的国度，他们乐于宣称下雨是上天的赐福。遇到倒霉事时，他们说："还不算太糟"，"你碰上的这个魔鬼不是最凶的"。如果一件事怎么努力都不成，"那就凑合着过日子呗"！外族的入侵和占领，常有的饥荒，教会他们乐天知命。他们有自己的一套观念，能够容忍上帝对我们凡夫俗子开的小玩笑——容忍得也许过分了。

记得小时候，不管是饿了，生气了，累了，感到孤独了，还是被哥哥欺负了，母亲用来安慰我的心灵格言，其中一句就是"为受苦的灵魂而奉献"。通过耐心地接受痛苦，我也为人类的救赎大业尽了一份力。恰如把银子折换成现钞，你受到的伤害变成了你的圣洁。上帝好比天国银行的出纳，记着我们账上的每一笔进出。死时欠债的人进炼狱，那是灵魂的修补工厂，在人世的所有亏欠须得补足方可升入天国。地狱则是永无终止的炼狱，是为无可救药的赖账者准备的。进地狱的人，不仅死不还账，甚至不曾想过欠了别人许多。炼狱旨在改造，地狱却是惩罚，永久的、一刻不停的、残酷的、不寻常的惩罚。炼狱和地狱的主要手段都是火。炼狱之火净化灵魂，尽管也有痛苦；地狱硫黄之火的熬煎，是为那些自我沉溺在罪恶的享乐中的人而准备的。

我想这就是西方教会过去两千年来，多半时间不喜欢火葬的原因，因为火表示惩罚。得罪了上帝，你就下地狱，饱受火焚之苦。也许这就形成了我们的一种观念：火基本上是不好的东西。我们焚毁垃圾而掩埋珍宝。所以，生活中第一次遭遇死亡，死小猫，死小兔，从高处的鸟巢里掉下来的死鸟，好心的爸爸妈妈总是找个鞋盒盛殓，挖坑掩埋，而不用木头或煤球去烧化。这也说明，为什么葬礼可供旁观，而火化像死刑一样，从不公开进行。当然了，东方人恰恰视火为净化的途径，是把我们和生命本质及本原联系起来的要素。在印度的加尔各答和孟买，死者的遗体堆放在柴堆上当众焚化，黑烟直冲天空。

我母亲不信这一套。她的孩子除了她的关怀和教育，不需要惩罚，也不需要净化。我们是上帝的孩子，得力于她辛勤的照拂。拯救是上帝的权柄，她对我们的责任是如何求得上帝的拯救。第二次梵蒂冈大会之后，他们不再提"地狱外围"和"炼狱"，母亲将此看作某种形式的宗教启蒙运动。生命中少不了苦难，她希望我们善加利用。苦难是自然的一部分。

母亲相信托马斯·肯皮斯的教诲："为了永生，必得忍受一切悲苦。"因此，痛苦就有了意义、目的、价值和理由。大自然无穷无尽地、随心所欲地散布苦难，信仰和慈爱却把苦难变成我们返归上帝的必由之路。赎罪的意思是与上帝"和解"，"复归一致"。按照母亲的说法，回到上帝身边，复归天堂，获得拯救，乃是生存的真正理由。抱定这样的信念，她对世俗文化宣扬的"自我感觉良好""先照顾自己"，以及"幸福""证实"和"自尊"等观念感到格格不入。她的声音像是在荒野呼喊：我们每个人都背负着十字架，这是我们对基督的效仿。为了受苦的灵魂，我们必须作出这样的奉献。

母亲就这样将她的"不适"——那癌症，那从她残存的肺部扩散到食管，侵入脊椎，最后影响大脑的肿瘤——化为祈祷。在医生眼里，在她身上发生的就是这些器官的被破坏，生命悬于一线。而丈夫和孩子们看到的，是她声音越来越微弱，呼吸越来越短促，癌细胞猖狂侵袭，她的身体完全垮了。母亲把病痛当作一次机会，把它带来的痛苦、恐惧和悲伤，与敬事上帝联系起来，认为发生在她身体上的灾变，不过是她一生遭遇的

126

诸多事件之一。她浑身又肿又痛，饱受折磨，奄奄一息。我相信她已作好迎接死亡的准备。她说，此时此刻，她心中悲喜交集。悲的是要离开我们：结婚四十三年的丈夫、儿女、出世和尚未出世的孙儿孙女，她的兄弟姐妹和朋友。喜的是将要回"家"了。随着肉体的声音渐至喑哑，灵魂之声反而格外敞亮，仿佛歌吟。她瞻望到我们所不能见的事物。她拒绝使用镇痛剂，以保持神志清醒和洞见圣相的能力。她安慰我们每一个人，说我们必须学会割舍，不能放不开，要把割舍当作一件值得赞美的事。我讲这些，并非由于我理解了，而是因为这是我亲眼所见的。我不能肯定是否管用，只能肯定对她是管用的。

一旦迈出这一步，事情就容易了。一旦你注意到草地上巨大的球道被用于看来互相矛盾的目的，世界就变了。如果高尔夫球场能兼作墓地，橄榄球场、足球场、棒球场、网球场有何不可？滑雪的山坡又如何？有谁不想被埋在山上？我们可以叫它"靴子山"嘛。以此类推，无穷无尽。胜利的狂喜，失败的悲哀，生命便是如此，死也一样。

母亲的葬礼悲哀又喜庆。我们又哭又笑，感谢上帝又咒骂上帝。我们请求上帝兑现母亲的信仰所应得的承诺。下葬那天赶上万圣节，那是所有圣徒、所有灵魂、所有受苦受难的灵魂的节日。

艾迪和我一直注意土地的亩数。艾迪是高尔夫好手，我则喜欢阅读和写作。他说他将成为专业俱乐部的会员，我可以当

"幕后军师"。我们合作了很多很多年。我们的妹妹布丽姬负责先期订货，另一个妹妹玛丽始终做簿记，负责工资单、收账和付账。钱看来控制在女人手中，这也算是个小小的"报复"吧，谁让我们的公司叫"林奇父子公司"呢？

父亲比母亲多活了两年。父亲下葬后，我们兄弟几个决定，坟头竖一个巴尔花岗石的高大的凯尔特式十字架，这种十字架，十字交叉处有个圆环，在圆环里我们按父母生前的要求刻上"互爱"二字。母亲过世的第二年，我带父亲回爱尔兰，他见到凯尔特式十字架，说非常喜欢它的样子。

石头十字架高高竖立在墓园，高尔夫球没法打了。十字架挡着球道，怎么击球呢？这里也不允许牵着名种狗、耳朵里塞着耳机的遛弯人。池塘边的牌子上写着："禁止钓鱼和喂鸭子。"在"圣墓墓园"，唯一的自然通道是引领你走向死和对死的哀思的。

我多么想念他们。

也许每年春天都在石座旁边种一些凤仙花的是我的姐妹们。

有时我站在墓碑丛中，浮想联翩。有时笑，有时哭，有时什么事也没有。生活在继续，死者无处不在，艾迪说，此皆寻常之事。

寻梦的人

像世界上所有名都大邑一样，我们镇也有一条河穿镇而过。都柏林有利菲河，伦敦有泰晤士河，米尔福德则有呼隆河。当地一些行家称为"大力呼隆"，一种很夸张的叫法。河的源头是城东五英里的普劳德湖，流到村西的大坝，宽度不足百尺，从未掀起过狂风巨浪，从中央公园开始变宽，流到我们称为"米尔池塘"的那一段才宽阔很多。呼隆河向西流，经过安阿波和伊普兰蒂市，汇入伊利湖，直到下游方有点大河的模样，地图上标有它的芳名。但在此地，靠近河源，它充其量只能算条小溪，水流清澈，宜泛舟、钓鱼和赛木筏。扶轮社每年四月初为筹款举办一次"橡皮鸭子漂流比赛"，那真是盛况空前。在主街附近建起的高架桥上，铁路穿过呼隆河，人们将之称为"圆拱"。150年来，小伙子们不顾禁令，总是从桥上跳水。

　　河把小镇分成南北两半。南城多是车行、酒铺和轻工产品店，北城则是时新的餐馆、银行、时装店和书店。南城的南方浸信会教堂，与北城主街上的长老会教堂遥遥相对。南城卖汽车刹车和减音器，北城则供应钻石和离婚律师。

　　呼隆河把城镇一分为二，也造就了两岸居民的不同心态和信仰。下大雪的日子，这里好似柯里尔和艾夫斯公司①著名的石印风俗画：大街上，四邻熟如家人。路上相遇停步寒暄，店主和顾客都是老相识，人们在门前点头致意，挥手作别，似无来由地咧嘴大笑。中央公园里设有冬季溜冰场、排球和网球场，还有一个全天候的儿童游乐场，安着旋转木马和攀缘游戏架。大街东西两端，古旧的木屋是世纪初建造的，每幢房子都有悠长的历史，被本地的历史学会精心研究过。镇里人口5000，郊区人口1万。他们拥有舒适的家，采购不需跑去镇外，与警察和义务消防队相处融洽，不漏过主街上一年一度的国殇日、国庆日和圣诞节游行。镇上不时有路边拍卖、老屋游和古董车展等活动。8月的米尔福德纪念节，邻近三郡的民众都来赶热闹。过去3年，每年1月我们都举行冰雕大展，用巨大的冰块雕出棕榈树和恐龙什么的，居民不畏严寒踊跃参加。人们总的感觉是，这里的生活挺充实，再过20年，我们准会怀念这种"过去的好时光"。

作为前商会会长和扶轮社的资深会员，我很高兴在这里说说米尔福德的好处：丰富的园林土地，内陆湖泊，一流的学校和教会，交通便利的医院和高尔夫球场，适合高消费阶层的房产，种类齐全、价格合理的商业和服务业。但作为一个人类社

---

① 柯里尔和艾夫斯公司（Currier & Ives），美国著名的石印版画公司，由纳撒尼尔·柯里尔（Nathaniel Currier）和詹姆斯·梅里特·艾夫斯（James Menitt Ives）创建，1834—1907年，该公司印制了超过100万张石印版画，其中包括7500个不同的主题。

会的公民，一个殡仪员，千禧年之际的变迁的见证人，我也有责任讲讲这里发生的一切。

一句话，米尔福德是养家糊口和安葬死者的好地方。

南城北城都发生过不幸的事。有一年夏末，两个女孩被人捅死，尸体塞进中央公园西端树木丛中的下水道里。就是在这个公园，两年前，一个女孩被一个几年来在南城北城作案多起的连环杀手绑架，遭奸污后被勒死，尸体草草掩埋在郊外。两案的凶手如今都在狱中，关于他们的书出了好几本，有人正准备以此为题材拍电影。事实丝毫不能予人安慰。一些大男孩死于不幸和意外，其中一个死在主街西面的铁路上，被火车碾得粉碎。是意外，凶杀，还是自杀？至今真相不明。他是在回家途中，也许因为喝了酒，被火车撞上了？还是被人杀死后移尸到此？或是自己卧轨而死？而缘由只能靠我们的想象来填补。至今还有人说他确是喝多了，也许吸了毒，还有人讲是青少年仇杀。因为那时，另一个男孩吊死在自家屋后的糖枫树上，还有一个，就在"涅槃"乐队主唱歌手科特·柯本举枪崩掉自己脑袋之后一个月，放学后用父亲的来福枪干了同样的事，死时播的是柯本的歌《强奸我》。消防车刺耳的笛声响彻小镇。每次不幸发生，总是流言纷飞。

通常是警笛最先告诉我们，这儿有糟糕的事发生了——坏消息的第一个信号。志愿消防员们闻声放下手头的工作，一路狂奔，开出自家的箱形车，鸣笛闪灯直驰现场。他们配备了水管、氧气瓶、担架和止血带等设备，受过心肺复苏和其他的急救训练。火警嘶鸣，要么是草地着火或有人心脏病发作，要么发生了车祸或发现了尸体。火警声全镇皆闻，意味着人或财产遭到了损害或面临损害的危险。全镇的狗被惊得狂吠不止。每周六中午，消防队搞演习，准时得就像我们借以调准时间的奉告祈祷钟。周六的事一般没人注意，毕竟只是演习。周六人人都忙，没时间发心脏病和应付厨房着火。镇东的天主教徒按照古时的仪规敲钟做日课，人群中的修士闻声停步，做起祈祷，长老会神父用钟琴演奏老曲子：《我们在河边聚会》《与主同住》，上午10点、下午2点和6点各一次。火警和钟声向我们宣告，在生命之中，死亡随时发生。上帝和我们在一起，魔鬼也一样。流过城镇的河流分裂了我们。

如果正眼细看，不难发现，生活就像世纪末版的《沃尔顿一家》和"沃贝根湖"①，不乏暴行和伤心。看起来就似两种地貌，同样真实却截然不同。

我和妻子会在夜间散步。她注意建筑物的风格：希腊复兴式的，安妮女王风格的，联邦时期的和维多利亚时代的。我看到的却是教师夫妇死于其中的那间车库。他们结婚多年，没有子女，交际舞跳得极棒，衣饰非常讲究，某一天被人发现在车

---

① 沃贝根湖（Lake Wobegon），电台幽默节目主持人加里森·凯勒（Garrison Keillor）虚构的位于明尼苏达州一个小镇。该镇居民"女人强壮，男人漂亮，所有孩子都出类拔萃"。"沃贝根湖效应"后来成为一个心理学概念，用来描述人类高估自己的倾向。

中自杀，窒息而死。他们留下字体优雅的遗书，说对于迟早必来的年老多病感到恐惧。我太太看到一个精心修整的花园，在后院与之相接的一幢房子里，我想起那个举枪自尽的男人。现场一片狼藉，为了不在孩子心头留下阴影，我连夜把卧室完全粉刷了一遍。有些事，无论费多大力气也难掩盖。她看到精美的窗饰、室内温馨的灯光，我则看到空闲的房屋和灯火熄灭后的黑暗。我们就这样一路走过去。

相对于因死亡而为人记忆的极少数家庭，绝大部分人家过着完全不为外界所深知的生活，平静从容，只有一些生活中的小事掀起零星波澜，这可能是好事：唐菖蒲花盛开，小路整修一新，房屋贷款付清了，孩子读完大学；也可能是烦恼：婚姻不顺，水管破裂，税务上出了点麻烦。儿女独立了，从不往家打电话……我们了解邻居，了解他们的生活，无非是小地方所能有的喜怒哀乐，情况好转或变糟了。随着新的小区不断被开发，人口增加，我们开始尝到交通堵塞和泊车困难的滋味，同时邻里之间越来越有隔阂。一个"卧室社区"，多数人在外地工作，回镇上只是为了"忘掉工作上的烦心事儿"。一句话，人们不再互相关心。

从前河上有5座桥。一座位于镇东头的花园路，一座位于鹰山路，通往橡园公墓，故被称为橡园桥。还有三座，一座在呼隆街，一座在主街，一座在中央公园西面的彼特斯路，位于大坝上游。

20世纪70年代初，公路管理委员会宣布橡园桥上行驶机动车不安全。桥两头设了路障，自行车和行人可以通过，汽车不可以。告示牌上写着："桥坏了。"数月之后，橡园桥坍进河里，这不容争辩地证明，公路管理委员会判断正确。但似乎没人注意桥塌这件事，毕竟它只通向公墓，所以并不急着修复。橡园公墓是米尔福德两所公墓中最年久的一座，可追溯到南北战争以前，农民和磨坊工人安家建镇之时。150年来，橡园公墓服务社区，接纳死者，积德行善。以其姓名命名街道的那些古老家族，在此扎下根，从此安居乐业。他们的生活模式是喜欢搬来搬去的20世纪后叶的人无法理解的。祖辈安土重迁，我们习惯游移。20%的人每年从东岸搬到西岸，从最初的简陋的家乔迁到理想的宅院，从共有公寓搬到分时度假别墅，最后是退休后的乡村小筑。死者长眠地下，基本上停留不动。新一代人逐渐习惯了轻车简从的旅行，刻意与死者保持距离。火化的一个明显好处是，死者变得更易携带，不再那么"笨重难移"，而且变得与我们更相似：随时随地可以被抛撒。

但正如但丁渡过了忘川，威尼斯被运河分割，那么多年，通过橡园桥缓缓跨过呼隆河的送葬队伍，显然领悟到了它的象征意义：逝去的家长、孩子和兄弟姐妹们已经归于彼岸，归于另一边，彻底变成了另一个世界的子民。

孩子还小的时候，夏夜我们在桥台垂钓，看到蝙蝠飞出橡园的树丛，在河面上追吃蚊虫。有时候，当地旧家的流落在异乡的游子死了，遗体千里迢迢，经常是从佛罗里达、亚利桑那和北卡罗来纳运回故乡安葬。我带孩子去墓地，拓回旧墓碑上的纹样，找合适的用在新花岗岩墓碑上。走在老树和碑林中，想象着泉下幽魂生前的点点滴滴。孩子问我种种问题，很多是难以回答的。我只能说，橡园公墓和后来的墓地不同。在新墓园，神父祝祷甫毕，人们便迫不及待地驱车离去。而在橡园，葬礼结束，送葬者会留下一会儿，交换些儿女毕业、结婚和儿孙们的话题。他们浏览邻近的墓碑，深思的表情恰似我们在图书馆和博物馆，研读他人的生平著作以便更好地了解自己时一样。按今天的标准，那些墓碑够庞大，人既无法迈步而过，剪草机也不能越过它剪草。它们用石匠那朴实有力的语言讲述一个人的故事，不仅包括简单的事实，还有生动的细节。亲族相依而葬，墓穴一买就是十个八个。他们坚守不动。橡园没有进行室内告别仪式的小教堂，亲属们不待遗体入土，径可扬长而去，丝毫不受酷暑严寒之苦。但在橡园，安葬意味着满地泥土，挖开的墓穴，与风风雨雨搏斗。

葬礼的职责之一，毋庸置疑，是为生者的缘故处理掉死者。多少年来，殡仪馆坐落在自由街与第一街的夹角，从没搬过家。告别之旅由此出发，经大西洋街到鹰山路，然后过桥到墓地。这段路有 3/4 英里，一路上没有工厂、商店和购物中心，只有住家，大大小小各式砖房木房的家。死者出了家门，没有出我们的心；离开了我们的视野，却没有离开这个镇。

所以，橡园永远像是我们生活的自然延伸，死者的小小流放地，距离生者不过咫尺之遥，一个自成体系的社区。在橡园的石碑丛中，人们常来这里野餐，度过一个星期日下午。老祖父祖母们，终身未嫁的姨妈，一辈子诸事不顺的叔伯们，活在后人的日常交谈中。国殇日人们来种天竺葵，在老兵墓前插上国旗，夏日剪除墓碑周围的杂草，秋天清扫满地的落叶，栽上菊花，在第一场冬雪到来之前，盖上墓毯。生死之间的距离不比一条河宽。死者不过是死了，不怪异也不叫人毛骨悚然，从前是兄弟姐妹，父母子女，从前是朋友，现在还是。庄稼枯死，牲畜饿死，邻人病老而死，死，乃是万物的本性。死后，他们被祭奠、哀悼，被掩埋、怀念。为了不让他们被遗忘，人们竖起墓碑，刻上他们的姓名和年月，让他们在城镇景观中永占一席之地。为死者留一块长眠之地，为他们雕像，是自古相沿的习俗。

橡园桥倒塌后，送葬路线绕远了很多。先到商业街，向西转到主街，然后向南拐，穿过拥挤不堪、围观者众多的镇中心，跨过主街大桥到南岸，沿奥克兰街左行，经过废弃的果冻厂和早已被垃圾堆满的垃圾场，迈过铁路，从后门进入橡园公墓。说起来也不算太麻烦，就是奥克兰街那段路特别难走。由于年久失修，路面损坏严重。到处是坑洞，小车常常会陷进去。回来后我们不得不清洗所有的装备，包括灵车、花车、家庭私车，上面全都糊满污泥。过河和过铁路，水鸟成群的泥岸和废车狼藉的垃圾场，常绿花木护绕的庭院和用链条与铁丝网围起来的工厂大院，之间自有分别，尽管我从未听人说起。

尽管如此，出殡路线改道，从经过住宅区改为商业区，谁也没觉得多麻烦。事后洗车时，我会这样想：我们漂亮的黑色车队穿街过市，旗幡飘飘，警察护道，让乡亲们亲眼看看我们如何服务，对生意不无裨益。

除了有人写过一本非常棒的汽车配件手册，多年来我是镇上唯一发表过作品的人。后来有位越战老兵，出版了一本战争回忆录，米尔福德的夜空上从此有了三颗文学之星。但我是唯一的诗人。大多数诗人希望安静地生活在邻里之间，我也坚决避免向他们朗诵诗作。至于他们，我的乡亲，很高兴有一位诗人生活在他们中间，就像我们高兴有好的基础设施和好学校一样，前提是不需要太密切地互相关注。遇到特殊场合，如结婚纪念，老人退休，每年六月的高中生入学典礼，有位诗人就十分方便。几年前，自从本地的一家 DQ 冰雪皇后的老板请我为在大都会公园入口处一家分店的开业写诗志贺，被我婉言谢绝之后，我就定下了规矩：决不写这类应景之作，任谁劝诱都无济于事。

不久，玛丽·杰克逊打来电话。

玛丽每年有一半时间回米尔福德住，住在运河街她父母和祖父母留下来的房子里，距我们殡仪馆两条街。另外一半时间她在好莱坞，拍电影、拍电视、演话剧。她最露脸的角色大概

138

是在《沃尔顿一家》中，扮演老处女鲍德温姐妹中的爱米丽小姐。《沃尔顿一家》在20世纪70年代和80年代初相当风行，现在有线台仍不时重播。玛丽扮演的爱米丽身材娇小，成天笑眯眯的，在圣诞节，用父亲留下的配方配制一种加烈酒的混合果汁，让周围一帮老小全都醉醺醺的。

好莱坞那边没事做时，玛丽就回到米尔福德。朋友们从纽约、伦敦、洛杉矶联翩来访，老少胖瘦，五花八门，全都带着舞台上的做派，大概把这儿当成了外景地。这使玛丽像是永远不老，事实上她也是。她带朋友外出晚餐，在自家客厅的茶会上介绍给乡亲四邻。

玛丽的家人均葬在橡园。那里有一条花岗岩长椅，上刻"杰克逊"，是在佛蒙特定制的。还有一块墓石，刻着玛丽的姓名，当然是带夫姓的全名，"玛丽·杰克逊·班克罗夫特"。婚姻的详情和结局我们无人知晓，但她曾在橡园多次表明，死后一定葬于此处。

橡园桥坍塌的消息传出，玛丽颇感震惊。后来形势明朗，修复工作无人过问，令玛丽大为气愤。她质问地方有关部门，答复是"资金短缺"。郡公路委员会同样束手无策：预算在大兴土木时代早就整光了。随着乡村的发展，小道变成交通干线，农庄变成郊区，在这种情况下，人们要上学、上班、上教堂、逛商店，这么一点儿路都顾不过来，哪还有钱花在"死人"身上？他们振振有词地说，活人的困难还没解决，哪里轮得上解决死人的问题？

　　玛丽来找我，说她想提前安排好后事。她带来一份抬棺人及其替补者——用她的话说，替身演员——的名单。她要求我在葬礼上朗诵艾德娜·圣文森特·米蕾的诗《演奏竖琴的人》，余下的话由牧师来讲。我的声誉不错，她说她信得过。提到橡园桥，玛丽说实在是件可耻的事。"那座桥，你知道，不能就这样丢下不管。"然后她告诉我，她已想好，死后坚决不愿从后门抬进墓地。她说，活了八十多岁，心里念念不忘，庄重的送葬队伍，人数不多，如何从第一街的殡仪馆出发，走下运河街，向右到豪顿街，经过她家门口（按习惯暂驻片刻），然后向左奔大西洋街，右行至鹰山街，到河边，过桥，穿过橡园公墓的高大正门，最后抵达供她长眠的大地的一角。她一再声明，决不任人抬过闹市，听凭在杂货店买东西、在时装店外闲览的陌生人把她当把戏看。

　　我敢说，对于殡葬业经营者，一个本镇最富有最受人尊敬的人士，拒绝下葬在原本为其预留的墓地，是一件不容忽视的事。这种想法很可以理解。我提出过变通的过河办法，比如用驳船，维京人用的那种驳船，运送灵柩，吊唁的亲友乘渡船来回，像《神曲》中描写的那样。玛丽听后反问："像猫王埃尔维斯那样，在一只可笑的筏子上？像电影《蓝色夏威夷》中，在人造环礁湖里飘荡？没门儿！别拿我的遗体开玩笑！"

　　最后我百般无奈地建议，干脆往东走，走远点，花园路桥依然完好。"远离尘嚣嘛！"我说。但玛丽不为所动。不绕圈子，不要驳船，不要弹射器，什么花样都不要，不要找借口。她只想照原来的设想，照她父母、叔伯、兄弟的方式，走那条橡园公墓大桥。因此，桥必须修复。

说实话，玛丽·杰克逊有的是钱，只需开张支票，就能造座新桥。她虽年过八旬，依然在工作，还有作品的版税收入。但作为一个模范的美国公民，玛丽照规矩办事，成立了一个委员会，因为她知道问题不仅是经费，还有人的观念。她征求邻居兼好友威尔伯·约翰逊的意见，威尔伯同意她的看法。几个月前，他亲爱的夫人米尔芙出殡，刚经历过穿越闹市的不快。

威尔伯·约翰逊善交际，镇上之人无一不熟。七十年来，他一直在菜市场工作，隔着生菜和甜玉米向新知旧友寒暄问好。自他少年时代以来，菜市场已转手好几次，最初是他父亲开的，后来交给他哥哥，但威尔伯一直参与经营。那个时代，人们逛市场，除了买东西满载而归，还有社交的收获。一旦认识威尔伯，你就算出名了。威尔伯习惯发展和变迁，他靠身边的人赚钱立业，从车中的婴儿、年轻的妈妈，到怀揣采购清单的丈夫，还有收款员，他一律看重。他自己的生活非常稳定，没换过工作，没另娶老婆，没换过教堂，没搬过家。唯其如此，他注意所有的事：新生儿和新婚夫妇的姓名，成功或失败的消息，失恋者、离婚者和丧失亲人者的悲伤自语。他记住孩子们、来访的亲友和朋友的朋友的名字。他对谁都有好评，人人都认识他。

这种事如今我们称为"关系网",威尔伯的那种人际信息储量,是个"资料库",威尔伯称之为"睦邻之道",是我们对他人和他人生活的关照。

玛丽和威尔伯担任委员会的共同主席。镇上其他世家,像在十九世纪初创建本镇的卢格斯兄弟,以及阿姆斯特朗、阿姆斯、威尔逊和史密斯家族的后人,也被网罗进去。委员会召集会议,公布行动宗旨,拍照留念。《米尔福德时报》上开始刊登报道。银行里开了专用账户。向镇政府主管和州议员发了传真,请求拨款。议员的回函热情有加,实质内容丝毫没有。他们想把事情交代明白,但说的是什么,谁也搞不懂。

在我们大多数人看来,他们的行动值得钦佩,但却注定不会成功。青少年和刚结婚的年轻人,从不关心什么墓地之事,尽管他们有一天也会死。三十出头的一代,忙着攒钱买房,欠了一屁股信用卡债,手中哪有余钱?四十多岁的婴儿潮一代,多半计划将来葬在"米尔福德纪念公墓",一个设计摩登、管理有方的新式墓地,那儿墓碑平放,更易维护。这种墓地常见于五十年代兴起的毫无特色的郊区社区,那些新社区房子一模一样,连草坪也如出一人之手。要么他们打算火化,把骨灰撒在有纪念意义的地方,如生前常去的钓鱼点、高尔夫球场或大商场。有时候,他们干脆不去想这事儿,用他们的话说,"保持选择的开放性"。五十多岁的人,努力维持他们仍在"中年"的神话,希望活一百岁,五十岁不过是人生的真正开端,"银发时期真叫棒"，跟他们提墓地是犯忌的。一座将我们与现在很少用的墓园重新连接起来的桥，抢占了重大事业的图腾柱上最显要的位置。公款也好，私款也罢，最好用在无家可归者、吸毒者、受虐待和弱势群体身上，一句话，最好用在活人身上。

因此，当玛丽请我写首诗，预备在将来的庆典上朗诵时，我说："好啊，我很荣幸……"破了我坚持许久的不做应景诗的惯例，其实我心里认为，反正桥是修不成的，答应就答应吧。桥啊，诗啊，整个计划，随着时光的流逝，通通会被抛进用意美好却永难实现的五彩梦境中去。过去的好日子，艾米丽·鲍德温小姐，约翰-波依·沃尔顿，玛丽和威尔伯，以及活在我们记忆之乡的那些皮肤黝黑的人物，他们拥有的那种好日子，已经如滔滔江水东逝，一去不返了。当现实的需求如此庞大而无法满足时，谁也不会把钱用于一个寓言。

威尔伯满街宣扬，玛丽四处游说。我们这些热爱他们的人，不忍心看他最终落得失望，每次见面，总是对他们说："好好干，别松劲，有志者事竟成！"玛丽和威尔伯沉浸在狂热中，像古时传播福音的教士，但那个时代，人们对待死者远比今天郑重。归根结底，他们四处推销的是"怀旧情感"，哦，过去的好日子！连过去的死者也和今日的不同啊。

然而过去的岁月也和今天一样，免不了烦恼。19 世纪初，半数以上的死亡发生在 12 岁以下的儿童身上。人类的预期寿命只有 47 岁。男人战死沙场，女人死于分娩，人一出生就蒙上死亡的阴影。在这一点上，他们的命运和现在毫无二致。死于艾滋病的孩子的父母，与百年前子女因霍乱、水痘甚至流感而送命的父母，何止是一点点相似呢！昔日的鳏夫寡妇，和今天一样，在强烈的情感中寻求永恒的记忆。不管怎么说，对死者的追忆变得更容易了，死者并未如想象中那么疏远。

我时常反思这一矛盾情结：我们如何被拉近死者，同时又厌恶他们；悲痛如何驱使我们将死者奉上神坛，掩埋掉他们，或把他们烧得不留痕迹；我们如何能同时对死者又爱又恨；同一死者，如何同时被视为圣徒和垃圾；"死人"可怕，但死去的亲人却是我们的至爱。我想，葬礼和坟墓，都旨在弥补这其中的缺失，填平我们对死者的爱与惧、思与憎、乐与哀之间的鸿沟。曾经讲过"所有的死亡都使我有所缺失"之名言的人，他谈论的是这样的见解：读到每一则讣告，我们心里都会想，这次不是我，但我迟早有这么一天。如此说来，坟墓不外乎是一种手段，使死者既近在身边，又确实挪开了；虽然还是亲人，但保持了一定距离；告别了，却没有被遗忘。

很显然，摆脱死者的动因，首先是嗅觉的。旧石器时代的尼安德特人，女人凝视着死去的丈夫，心中寻思他是不是懒得动或是太安静了，可能是吃了什么不对的东西，或是她说了什么话让他不高兴。也许得再过几个小时，她才会觉得事情不对头，如此神情专注或冷漠是前所未有的。假如她鼻子没毛病，直到尸体开始腐烂，散发出异味，她才会想到把他埋掉，因为他已彻底地无可挽回地"变"了。在此意义上，坟墓便成了最早想到的也是最主要的摆脱办法。但其他动机、怀念、追思和记载，就微妙得多。贝克莱大主教①的树，人们听见其倒下，才算是倒下。我们也需要见证人和档案记载来证明，我们生活过，我们死了，我们给世界带来过些微改变。如果死亡毫无意义，生又如何？这是坟墓的哲学。原始丧葬地的锥形石堆和石块，岩洞里的生活场景壁画，墓园的碑林，所有这一切，都是先人留下的遗迹，一个他们用花岗石和青铜保留的空间。金字塔，泰姬陵，伦敦海格特公墓的墓穴，耶路撒冷哭墙上的姓名，我们任其留存。我们造访这些纪念地，用手指抚摩他们的姓名和生卒年月，念出他们简短的墓志铭："永远在一起"，"永志不忘"。我们试图从有限的细节中拼出他们一生的完整画面，从中学会更好地生活。

这是善还是智？出自崇敬还是为了私利？

我们纪念别人，因为我们希望将来也被纪念。

玛丽·杰克逊能使死者复活。她在午餐、茶会、橡园散步等一切场合回忆往事，让死者重回我们中间。听她的描述，死者和我们一样有七情六欲，一点也不落伍。玛丽小的时候，她叔叔尼克·史蒂文斯在墓园的克劳福区看到一块墓碑，上面写着："经过此处的人，请你好好看着我。我曾经像你一样生活，

---

① 贝克莱大主教（George Berkeley，1685—1753），英国哲学家，因为否定物质存在而在哲学上占重要地位（罗素语）。他的名言是："存在就是被感知。"故作者有此说法。

将来你也会像我一样安息。面对死亡吧！请跟我来。"这是一首很不错的维多利亚时期风格的墓志铭，忧伤而迷人，字也刻得漂亮。一向口齿伶俐的尼克叔叔，当即反唇相讥："说跟随你，那可不行，我必须先搞清你是什么人。"

　　几年前威尔伯·约翰逊去世，葬在橡园公墓，他妻子米尔芙旁边，墓碑上补刻了他的名字和生卒年月。25年前，我看着他踏上我办公室的台阶，问我是不是镇上新殡仪馆的老板，他说："我得认识你。"然后建议我周三开车接他去商会，共进午餐。威尔伯待人非常客气。在他的最后一年里，我得见他和玛丽·杰克逊手挽手出席橡园大桥的通车仪式，亲自剪彩。新桥正是由于他们的努力才建成的。为了庆祝，请来了乐队，邀请了政界名流、牧师和参加过海外战争的老兵。那是五月底国殇日的一个天气晴朗的上午，民众聚集在河边观看典礼。人们架起麦克风，在树上安扩音的大喇叭。威尔伯感谢委员会全体成员的不懈努力。镇长赞扬这是件好事。州参议员感谢商务部批准建新桥，念了一大串官员名单。然后玛丽朗诵我眼看新桥将成时赶写的贺诗。人们肃立在石碑间静听，玛丽的声音飘过河面，与空中天主教堂的钟声和长老会教堂的琴声交汇在一起。微风带来橡树新叶的清香，昭示6月即将来临。火警缄默，犬吠俱息。

　　玛丽天生一副好嗓子。她朗诵之时，声音仿佛发自每个人的心底，诗中的每一字每一句，都是她的肺腑之言。

146

写在橡园公墓大桥通车之日

没有这座桥，我们的黑色行列

必须绕很远的路，从第一街到商业街，

左转到主街，行进在闹市，

走过以"大甩卖""即将关张!"

"最后底价!"招客的店前。

在自由街前等红灯变绿，

跨过主街大桥到达河南岸。

一路上的待售旧车和商店

仿佛死者需要最后一次疯狂

采购，了结未完的心愿。

然后向东走上奥克兰街，

走过果冻厂、垃圾场、无标记的铁道

车队一阵颠簸，前往

橡园公墓，埋葬我们的死者。

购物者漠然相视，商户恍若无睹

忙个不停，这不算是什么。

因为，面对死去的同类，很多人

停下了脚步，低头，划着十字。

居丧好比家庭手工作坊
纯粹的私人企业，用多年的爱
铸就绵绵无尽的哀惜。
在这个市场上，心灵
拒绝廉价的交换。暮色沉沉
店门依然洞开，圣诞节和星期天
亦然，当空虚和寂寞像硬币，
一分一分地把我们推入
胃口全失、信仰动摇的夜，
茫然的宁静笼罩了我们的家。

如此的幽静驱使我们走遍
每个房间，在纸箱里，在壁橱里
搜寻故去的亲人的遗物。
屋子里一度回荡着他们的声音
地下室里铁的碰撞
浴室的水汽中他们轻声哼唱
他们在厨房里倒腾炉子，喝咖啡

与邻居谈论趣事，卧室里他们举止轻柔
算算这些，我们失去了多少！
想想我们曾同甘共苦：你洗衣服，

我来烘；你做梦，我打鼾；

暴风雨后，我整理窗户，你擦地板；

你在摇椅中小憩，我在沙发上打盹；

我捶在指头上，你一声惊叫！

有了这座桥，我们还走居民区。

我们又能抬着死者经过整洁的住家

看到后院晾着新洗的床单

瘦高的男孩在车道上投篮

需要翻整的花园，需要剪的草地

姑娘们青春的身体沐浴在阳光下。

先到大西洋街，再下鹰山路

直达呼隆河泥泞的北岸

苍鹭在那儿做巢，浅水里栖息着

蓝色的太阳鱼，到处生机盎然

在河的彼岸，花岗石墓碑上刻写着

约翰逊、杰克逊、卢格斯、威尔逊、史密斯

和我们相同的普通名姓，与我们共同拥有

这个地方，这条河，这些冬天的橡树。

有一天我们生命结束，走过这座桥

引领我们到死亡的，是同样的理由：

癌症，心脏病发作

一个不小心就关上了人世的大门。

在这些墓碑上我们找到了连接的线：

古老的战争，古老的家族，举家死于流感

过了一百年，一些死者

借助这座桥，让我们再度接近。

河是能够保持的恰当距离。

墓园则是生者和曾经活着的人达成的

古老协定：我们让死者的名字永存。

桥把我们的日常生活与他们

连接起来：他们曾经住在我们周围

如今我们再度为邻。

诗人和食客斯威尼

斯　威　尼：啊！现在绞架下的木板已抽开，

　　　　　　再强壮的人也将命赴黄泉！

林奇西钦：斯威尼，现在你落在我的手中，

　　　　　　我能治愈这些父亲的创伤：

　　　　　　你的家族没人入坟墓，

　　　　　　他们所有的人都还活着。

　　　　　　　——西穆斯·希尼，《斯威尼的迷途》①

　　我的朋友，诗人马修·斯威尼，确信他就要死了。自从
1952年，在爱尔兰最北部多尼戈尔郡的巴利利芬，不良征兆第
一次出现时，那块石头就一直压在他心头，一刻也不曾放松过。
甚至在那时，离事情明确还有几年时间，他就知道，非常非常
糟糕的事发生了。

　　当斯威尼还是一个皮肤粉嫩的婴儿时，躺在摇篮里，在父
母愉快的呵护下，他感觉到了什么？无忧无虑地，生活在和平
年代，在一片绿色而安宁的土地上，是什么使他早早意识到即

────────────

　　① 西穆斯·希尼（Seamus Heaney），《斯威尼的迷途》（Sweeney Astray），见第一章关
于斯威尼传说的译注。

将来临的灾祸？

不是因为他那几如田园诗一般的童年，他在马林国立中学的教育，使其成功考入古曼城的方济各会学校；也不是因为他从一所所大学——最早是都柏林大学，然后是北伦敦工业学院，最后是弗雷伯格大学（在那儿结识了一群医学系学生，原因稍后便知）——成功逃离；即便是他生活中的一连串幸事，也没能剥夺作为他特殊禀赋的预感能力，并没有让他就此打消在每分每秒中都包含着致命的时刻这样的念头：他的末日随时可能到来。

甚至在他向邻近教区最漂亮的姑娘求爱成功，获得人生如此重大的胜利之后，昭示他噩运的不祥私语不仅未趋平息，反而愈来愈大声。他得到了班克雷纳的罗丝玛丽·巴伯，当地的民歌和传说夸耀着她勾魄摄魂的眼睛，她的善解人意，她轻盈柔软的腰肢，和温柔的性情，但如今，他要失去的不仅是生命，还包括一段最为幸福美满的婚姻生活（他即将问世的诗集《结婚套间》显然是从这场婚姻中获得的灵感）。同样，紧接着儿子马尔文（已经快会喊爸爸了）之后，心肝宝贝女儿妮可的出生，使他倍感幸福，同时倍加伤心。

马修记得保罗的话："如果你热爱你在这个世界上的生活，你就会失去它。"他热爱生活。哪一个正常人不如此呢？可是，手持大镰刀的死神，已经跟上他了。

他写诗，爱听自己的诗句经自己之口朗诵的声音。他成名甚早，当之无愧。斯威尼家族世居伦敦，在这里度过文学生涯最好不过。此外，由于他害怕开车，脑子里总是自己和孩子的肢体血糊糊地与金属纠缠在一起的可怕幻象，伦敦也很能弥补这一不足。和穷乡僻壤的多尼戈尔不一样，伦敦的地铁、巴士和绝对可靠的出租车服务，使马修既能到处乱跑，又不必冒亲自驾车的"危险"。何况，大英帝国的首都还是世界上生活最方便的城市，遍布各个角落的零售商，会把一切可心的东西送到你面前。

从他在董贝街的宽大公寓出发，东行不到两百米，小店小铺密集的兰姆斯康代街已经出现在眼前。在几十米的距离内，就有一家药店（斯威尼常去讨教），一家可买到羊角面包的法式面包店，一家花店（斯威尼买过一盆仙人掌，为此还写过一首诗，后来成了他最新也是最好的一部诗集的题名诗），他常去的酒馆，"羔羊"酒店，一家干洗店，两家咖啡店，一家杂货店，一家蔬菜店（斯威尼为不同品种的生菜、茄子和辣椒的正确选用与人辩论了很久），两家食品店（一家爱尔兰风味，一家普鲁士风味），一家药草店（这我没资格置评），还有伦敦历史最悠久、最有声望，坚持用马车出殡的 A. 法郎士殡仪馆布卢姆斯伯里分馆——斯威尼每次走过它那黑墙金字的大门口，你总能看见他加快步伐，而且哼着一首汤姆·维茨的歌壮胆。只有一九九一年伯纳德·史东的"塔楼书店"（全市收集当代诗歌最齐全的书店）的关闭，才使斯威尼家门口的城市景观稍微减色。

往北一条街之外，耸立着伦敦皇家顺势疗法医院的高大古典式建筑，颇值一观。到过斯威尼家朝圣的数以百计的诗人和作家，无不以为这种邻近关系意味深长。当然他们也不能断定，从斯威尼四楼卧室一眼就可看见的急救车出动的情景和往来不断的忧心忡忡的看病者，是加重还是缓解了斯威尼的忧郁。斯威尼自己都未必说得清。但因为经常往西步行到女王广场，去和出版其儿童诗（据论者之言，斯威尼的儿童诗痴迷于形形色色的怪物，对告别童年深怀恐惧，因而别具魅力）的"费伯书屋"的编辑见面，他躲不开医院的庞大楼影。

事实上，斯威尼在著名的人文荟萃的布卢姆斯伯里（任何一位像斯威尼这样的优秀作家，皆可轻易从这里找到他的先驱）的家，正处在各种医疗机构的中心：皇家外科学院，伦敦大学医院，内分泌协会，皇家神经疾病医院，热带病医院（斯威尼曾去化验过尿样和痰样，看是否感染了能引起高热和内出血的伊波拉病毒）以及其他类别的医务机构，全都步行可及，充分证明了人（这里尤指男人）与微生物之间永无休止的战争是何等残酷：他被感染、传染、侵害，被疾病折磨——如斯威尼所指出的——最终走向死亡。

也许应当交代一下。我第一次见到马修·斯威尼，是在都柏林克拉夫顿街的伯利博物馆。那是 1989 年的春天，他的第四部诗集《蓝鞋》在爱尔兰首发，时间正巧是我到博物馆，在其著名的大咖啡厅的楼上大厅朗诵诗的前一天。马修说服他的编辑（如今也是我的编辑）多留一天，两人一起来听我朗诵。我们在都柏林的共同朋友，诗人兼小说家菲利普·凯西，曾替我们交换过诗集，此后我们经常通信，互道雅慕，谈文论友，虽从未谋面，熟悉已如故交。按当地习惯，我们去了格罗根酒吧。他对我的朗诵称赞有加，对我因职业之故熟悉各种疾病和病理深感兴趣，和我一样爱穿黑衣（我穿黑衣也是职业之必需），这些都深深打动了我。

这次见面为时甚短，酒吧里也太吵。我的时差尚未调整过来，马修呢，尚未完全从前一夜的疲劳中恢复。但令人高兴的是，这只是此后一系列交往的开端。在英国，在爱尔兰，在密歇根，我们都享受到对方家居的舒适，妻子的热情，孩子的可爱，朋友的友善。我俩的诗，批评家说题材近似，如国内的灾难，面临的危险，以及神秘奥妙的死亡，但处理得却很不一样，大家聊起此道更是投机。

在伦敦的作家和老饕圈子里，斯威尼被形容为一个讨人喜欢的、神经质的疑病症患者。他偶感风寒，便觉得是肺炎或肺结核；头痛，便怀疑生了脑瘤；发烧，可能是脑膜炎；宿醉未退，是消化性溃疡或憩室炎；大便不准时，是肠梗阻或结肠癌；除了未曾怀疑自己怀孕，所有已知的疾病他统统怀疑过一遍，直到检查确诊才放心。事实上，他连经前期综合征都去查过，大家对他声称遭受该病的折磨没有一丝怀疑。他到处咨询请教，手头上有一长串专家名单，附以手机号码。他的医护大军中有心脏病和直肠病医师、针灸师、免疫学家、口腔医生、肿瘤专家、行为医疗师，还有当地一些宗教和半宗教组织的心理医师和整体疗法专家。家里电话的速拨键已预先输入这些人的号码，以便需要时一拨便通。他大部分教友的胸章上，写的是紧急情况时打电话给牧师，而斯威尼的却写着：叫急救车。叫医生。采取全面预防措施。

他曾向人请教过人类所有已知的疾病，从 A 字母打头的阿伯斯—勋伯格氏病，到 Z 字母的结核菌感染，想象自己患了所有这些病。有些物种和亚种之间从未听说过的怪病的互相传染，更离奇地加重了他的忧虑。因此，在每一季度的身体检查中，猪流感、鹿虱、犬类白血病、棕蝠狂犬病以及鹦鹉热是必须排查一遍的。

他还坚定不移地认为，他是已知的唯一的疯牛病幸存者。他信誓旦旦地说，这是因为吃了"海滨辛普逊"餐馆一份配以熏鱼和煮蛋的瘦牛肉当作早午餐之后染的病。马修选择饭馆，常常参考伦敦《观察家》的推荐。报上对法国南部菜式中的蘑菇的讨论，使马修坚定不移地相信，蘑菇有毒，误食了蘑菇务必叫医生。

人们流传的一个笑话是：一家有名的出版社曾向马修建议，以亲身体会写一本关于疑病症的书，可是天哪，马修觉得自己把握还不大。

尽管别人对马修报之以怀疑和嘲笑，我有时想，也许马修正是一个先知，一个富有洞察力的人，一个预言家，一个都市大漠里难得的清醒声音，他呼喊着：末日已近，比你想到的更快。

伦敦吸引斯威尼的地方，除了便利的公共交通、文学氛围和世界一流的医疗设施，还有饮食。英国人对烹调兴趣阙如，毫无天赋，因此引进了前大英帝国疆域内的一切佳肴。可以说，全世界没有哪一国哪一地区哪一民族的菜式是你在伦敦找不到的。马修则把品评这些美食当成自己的神圣使命。他简直就是味道学专业的高才生，天生的品味和美食大师。在长期的体验中，他发现了全伦敦最好的泰国菜（南肯辛顿区的 Tui，就在瑟克瓦伯格出版社的办公室附近）、阿富汗菜（帕丁顿街的"沙漠商队客栈"）、印度菜（苏豪区的"红堡"）、中式点心（唐人街的"海港城"）、面条店（大英博物馆背后，斯特雷森街的"瓦加玛玛"）和素食咖喱馆（托特纳姆法院路站后面小巷子里的"曼迪尔"）。对人而言，品味是无国界边际的，就像天空之于飞鸟。斯威尼浸淫于各种前所未知的食物滋味里，宛如都市天堂里一只快乐的珍鸟。

黄雀吃蓟，鹈鹕想鱼，游隼喜肉，蜂鸟吸吮甘甜的果汁，马修的无边渴望与伦敦的全球餐谱配合得天衣无缝。美食在他心中犹如满天繁星，今天哪一颗亮得更耀眼，他就选定哪一颗。在他的探险中，常有自愿的同行者，或是诗界同行，或是别的食客，他们觉得与马修一起用餐是难得的实习机会，花点钱太值了。(写下那些在文学界和美食界赫赫有名的人物，实在是很难抗拒的诱惑。好在我习惯了。即使略而不提是个错误，也比挂一漏万好。)

此外还得提一下，马修自己也是个烹调高手，从选菜配料，洗切煎炸，到摆出宴席，开怀享用，每一步骤都带着他鲜明的风格。

之所以不厌其烦地说这些，是因为他对食物的情有独钟——发自感官、肠胃和心灵深处的喜爱——与别人所说的他的疑病症实在巧合。而且我觉得，他对人生之短暂的特异敏感，对人类生存之本能的敏锐感受，也正与此契合。

在（图登汗法院路，靠近高志街站）一家日料店吃生鱼片时，大家很自然地谈起，日本人每年多少人因食用处理不当的河豚而送命（最新统计，刚好500人出头）。是所吃的食物决定了谈话内容吗？有一次，我们在学做曾在诺西亚的"法兰西斯餐馆"品尝过的一道拿手菜，意大利翁布利亚风味的香肠和小扁豆时，马修突然问我：对尿道感染、男人性功能障碍、结肠炎和憩室炎了解多少？知不知道常年胃胀有什么先兆？我很想知道，是不是他对香肠和小扁豆有所怀疑？食物和他对灾祸的恐惧是不是有关联？为什么我会这么想，因为有一次，在密歇根，我们一早钓到一条虹鳟，在厨房切小香葱作调料时，他的话题忽又转到显微手术可能有的危险。"手腕出点小毛病，"他说，"你可能就没法走路，没法说话，甚至整个后半辈子都过得

159

凄凄惨惨。"还有一次，在我那位于克莱尔的农舍附近的餐馆里，面对端上桌的我敢说是北半球最棒的龙虾，马修开始问我关于意外死亡，特别是从高处跌落摔死的事。他一定要弄清楚，法医学是否能够证明，死亡如他希望的那样，发生在坠落过程中，而不是着地时才被活活摔死。

每当有人问我马修为何如此敏感时，我一直认为，自己有责任力尽所能地回答，我要么给出我知道的真实答案，要么提供一些文学范畴内的论据，好让他自行寻找答案。如果这两点都失败了，我也会设法弥补，把话说圆了，以此打消他人的疑问。

关于这个从高处坠落的问题，我向马修介绍了一个相当被看重的理论，这个理论最初是精神分析学大师荣格的一个学生提出来的。大意是，生物面临巨大的威胁时，机体便开始进行腺分泌和其他生化反应，使得集中神经细胞活动的大脑突触团阻塞，引起昏迷。坠落者的一种情形是，没有摔死，受伤后经抢救在最近的医院病房里苏醒，可能多处骨折，但大多可以痊愈；另一种情形是，摔下去，一命呜呼。不管处于哪一种情况，都可以断言，这个人都不可能知道他是如何撞上地面，或者，地面如何撞上他的。

马修听了我的话，呆了半晌，这才吃起龙虾，加上一小块黑面包，又啜了一口皮利尼-蒙拉谢红酒。斯威尼这次是全家来西克莱尔做客，他的夫人罗丝玛丽帮着孩子们取餐具，敲碎龙虾壳。我从她的蓝眼睛里看出她在一心忍让。和马修这样的作

160

家生活在一起，非得有圣徒的品性不可，能分担痛苦，能理解人。我在自己的妻子玛丽的眼睛看到的，也是这样的眼神。我想，换个话题会轻松些，便谈起牙齿矫正，青少年的成长，宇宙的形状，以及其他杂七杂八的内容。但在马修的眼中，仍残留着一丝怀疑、一些不满足和徘徊不去的疑惑。就是这种合理的疑惑，洗刷无数无辜者的冤屈，甚至挽救了其中一些人的性命。

我们用餐的曼纽尔·迪卢西亚（老板迪卢西亚是西班牙人的后代，一个世纪以前，西班牙舰队因为暴风雨在西克莱尔海岸搁浅，逃上岸的水手绝大部分被当地的爱尔兰人杀死，只有寥寥几人幸存）餐馆坐落在高崖上，俯瞰着基尔基和卢普黑德西南犬牙交错的海岸，这也许是马修想到坠落的原因吧。这种险恶的地形，也许让马修回想起他度过童年的爱尔兰最北端的马林头，那里的土地高出海面足足半英里。我呢，则想到我的同胞诗人埃德加·爱伦·坡，他的《反常之魔》形容的就是当我们站在危崖的边缘时，内心常有的"跳下去"的冲动。爱伦·坡的意思是，事物在被创造的同时，内心已埋下毁灭的种子。这话或者是赫尔曼·梅尔维尔说的？对于这些马修几乎肯定会赞同的观点，我的记忆有点模糊。

我觉得，我耳闻目睹的一些事，虽然有限，或可作为来自经验的证据，满足马修此时的渴求。我告诉他，我曾装殓过一个废金属回收站的工人，他是被汽车砸死的。若论有说服力，讲一个人从楼上摔下来会更好。但米尔福德最高的楼只有三层，没听说过谁从楼上跌下来摔死的。所以，我们这儿看不到伊卡洛斯①，没有人从天上掉下来。对于那个不幸的遇难者，毋宁说是天掉下来了：一辆在车祸中被撞坏的1967年产"野马"敞篷车，当时吊车正吸住这辆烂车在空中，恰巧这时出现了人们所谓的"金属疲劳"现象，吊车一时失灵，汽车连同吸住它的大铁盘同时落下，砸在底下正在一辆汽车上翻弄车盖的工人身上——实实在在，他不该在这么一个错误时间出现在一个同样错误的地点。

这类事没什么好说的。保险公司的赔偿，不着边际的对死者的赞扬，同事们的同情，都难以弥补大错。这正像我的大儿子所说的，"一件倒霉事"。尸体是他从停尸房运回殡仪馆的。

从马修的神情上可以看出，尽管来不及细问死者的背景、家庭等详情，他已完全把自己与这个在工作日死于飞来横祸的工人等同了。

但我觉得应该向朋友说明的是，尽管造成了如此沉重的伤害，尽管这样的事多得说不完，那个被砸死的工人脸上表情平静如水，这本身意味深长。这种安详无异于明确宣告，他对带给他灾难的"未知力量"要么无所谓，要么只能默认其作为。死者的脸上除了伤痕、碎损和裂口，还有一种表情，仿佛要对

---

① 伊卡洛斯（Icarus），古希腊神话中的人物，他和父亲背负着用蜡黏合的翅膀，逃出克里特岛，因不听父亲劝告，飞得离太阳太近，蜡融翅散，坠海而死。

我们说，祝你愉快！我想，也许对于他母亲和家人，这多少是点安慰，可是亲人们的心，却依然紧紧贴在已经合严的灵柩上。

此刻，心中充满对同类的哀悯，斯威尼双目含泪，伫立在窗户边，凝望着太阳西沉的北大西洋，凝望着立在岸边的妻儿在暮色中的剪影（罗丝玛丽坚持带孩子们出去"透透气"），海鸥在他们头顶的悬崖上空翻飞，划向岸边的小船亮起灯火，与天边最初的星星交相辉映。

我为他叫了一杯白兰地。

如果人生像一盒巧克力，说像是一顿龙虾大餐，也没什么不好。活着的人可以吸取很多教训。我学到的一条就是：我们有的人狼吞虎咽，有的人仔细品尝；有人视吃为麻烦，有人则当作享受；有人吃完，拔腿就走，有人边吃边想.；食物中有些是猎杀的，有些是收获的；有的新鲜，有的经过腌制；有的是活着的，有的早已死掉。我们的胃口各不相同。

经过多年与马修·斯威尼共餐，交换诗作、小说、菜谱和朋友，我差不多可以得出结论，他幼年所感受的，他童年所了解的，他成人后所领悟的，只有一点，那就是：我们都会死。在这一点上，他绝对正确。要是觉得他的谨小慎微看来太仔细、太过分，有时不免神经质，我们不妨视之为一种天赋。

也许他在镜中瞥见了鬼影，在每一次触摸中感到了凉意，也许他比别人更清晰地听到了爱伦·坡所说的"反常之声"，或是从甜蜜中嗅到腐败的气息。

　　也许只是因为，从生命中感受死亡的征兆，他的味蕾比别人的都要发达。

万圣节之夜

我想知道自己什么时候死，这对于钻苛刻的人寿保险条例的空子，向从前的情人告别，提前做安排以免留下遗憾，都有助益。我希望知道得大致准确，不说具体到哪一天，但至少像我周围的人所关心的，知道活到哪一年。

遗传似乎说明不了问题。林奇家族的男性全都死于心脏病：梗阻，堵塞，血栓，衰竭，都是胸腔里的那个小玩意儿出的事。他们多半活到六十几岁。我外公是条壮汉，在我童年时就过世了，如今只记得他是个秃顶，爱讲熊的故事。外公19世纪初在密歇根北部的半岛地区长大，后来南下到安阿波念书，遇到头一个愿意跟他的女人，二话不说娶了她——这是外婆自己说的。但是，尽管帕特·奥哈拉后来一直住在密歇根州东南部的开化地区，每年秋天，他一定会离开太太玛维尔·格雷斯一个月，独自回到老家，喝酒、打猎、钓鱼，带回一肚子被熊、狼或其他我们从未见过的野兽逼到树上的惊险故事。帕特享年62岁，而外婆玛维尔比他多活了近三十年，死时年满九十。她死于中风，卧床8个月，一天天衰竭，直到咽下最后一口气。外婆去世时我35岁，第一次意识到，有一天我也会死。

我16岁时爷爷去世，也是心脏病。我记得很清楚，家里那时打电话到我做杂工的保龄球馆，告诉我消息。他享年64岁。那天他带着太太开车到弗兰肯穆斯一家有名的鸡肉晚餐店吃饭，那地方在底特律往北，车程约两个半小时。回家路上，身上痛起来，左臂不听使唤，他以为是吃鸡肝和肉汁坏了事。回到家，给医生、消防队、牧师和父亲打了电话。大家围在床边，祖父直挺挺地坐在床上，吊着绷带，穿着内衣，让医生检查；牧师点点头，让祖母放心；消防员站在旁边，扶着氧气罐，随时准备输氧；这幅场景活像是洛克威尔①的画，名字可以叫作"善终"。父亲刚过四十，一副茫然无助的样子。医生用听诊器听了听，好半天没吭声，最后才说："艾迪，你身上没什么不对啊。"话音刚落，一向争强好胜的艾迪从床上滑下来，脸上发紫，立刻断了气，这让人觉得，现代医学实在靠不住，而生命又那么无常。

由于父亲是开殡仪馆的，轮到我哥哥丹和我为祖父波普·林奇穿衣入殓。这是我头一回为自己的家人料理后事，记不清是父亲坚持让我们做，还是征求意见问我们愿不愿意试一次。但我记得当时的感觉，我松了口气，觉得自己总算能帮点忙了。

用祖父的寿数减去我现在的岁数，就是我还剩下的日子，我觉得人的未来其实有限。生命很多方面都像算术，这不过是其中一例。

---

① 诺曼·洛克威尔（Norman Rockwell，1894—1978），美国20世纪早期著名画家和插画家，作品横跨商业广告和爱国宣传领域。

林奇奶奶像奥哈拉外婆一样，也活到 90 岁。她俩都守了几十年寡，而在我印象里，这几十年就是一个接一个的周日、圣诞节和国庆节，两位老太太不是在露台，就是在厨房，小口喝着加拿大威士忌或水，为政治和宗教问题争论不休，或是纠正孙儿们的英语。林奇奶奶比外婆年轻 10 岁，共和党人，讲求实际，她信天主教是半路出家，自小却是个卫理公会信徒，视牧师如巡回布道家和机会主义者，是信仰生活中的过客。她不理禁欲和崇拜圣徒名流那一套，我行我素，星期五照样吃肉。她不轻易批评人，称赞别人时语言温和而真诚。外婆是民主党，教师工会会员，典型爱尔兰式的虔诚天主教徒，做事讲原则，有风度，褒贬人事出语激烈。她们争吵起来，那可是精彩之极，宛如一场好戏。外婆口齿伶俐，祖母惜语如金。外婆断言一件事真实无误，奶奶则轻声表示怀疑。外婆边说边挥舞双手，奶奶只是皱皱眉头。她们谁也赢不了谁。她俩都得享高寿，我多年旁听，受益匪浅。如今两人葬在同一公墓的不同一角，安睡在早逝的丈夫身边。我忘不了葬礼的情景：肃穆，得当，充耳高亢的交谈，正如她们生前一样。

我的祖母和外祖母都是刚强的女人，从她们的孙女和重孙女身上还能依稀看出些痕迹。没有什么能把她们难倒。该开口时她们绝不会沉默。事实上，确实没有欲语还休的时候。她们那代人，男女分工并不意味着放弃权利。假如丈夫挣一元，她们挣六毛三，那她们还有二三十年的时间可以靠故世的丈夫的养老金和社保金过日子。男人在经济、政治和体力上更强大，女人则有感情、精神和人口数量上的优势。如果设想上帝是位女性，魔鬼理当亦然。祖母们愿意独自无拘无束地生活。对于大多数女性来说，事情当然算不上十分满意：她们所熟悉的世界就要变了。

在我和母亲共同度过的20世纪的岁月里，两性间的鸿沟忽大忽小。妇女们走出家门，挣钱养家，争取政治和经济权利的平等。她们开始死于心脏病、车祸、肠胃病这些一向夺走男人的生命的疾病。比起前辈，她们死得更年轻，但也有更完善的保险。就连她们自杀的方式也变了，无复从前温情脉脉的服毒、开煤气和其他文静的方式，变得更果断也更喧嚣。开始是手枪，继而用猎枪。沉寂不再。按照某些奇怪的论调，这还算是进步呢。

母亲在生活的方方面面都属于传统派，然而说到死，她走在了时代的前头。她比父亲早走两年四个月，死于癌症，享年六十五。死前一段时间已经不能说话。

看来，遗传和性别皆不能对死有所预言。我必须向别处寻找答案。

我有一个理论，大致上基于这样的观察：老人爱回忆往事，青年人则向前看。一方的回顾，正是另一方的憧憬。这个理论对女人同样适用。被爱人拥抱，享受通过艰苦努力得来的成功，逃过劫难后的安全感，以及长期奋斗后的安适，种种快乐，无论得自回忆还是期望，出自老人还是少年，其渴盼之心理如一，其幻想性亦如一。

按照我的理论，通过归纳普遍的生活事实，可以准确计算出人生的中间点。知道了精确的中间点，等于掌握了人的死期。知中必知终。很简单的代数，一套加加减减而已。

过去好比老人重游的故地，未来是儿童梦想的奇境，生与死宛如大海环绕四周。中年是生死之间的那一瞬，仿佛一个边界，看起来往哪边走都行，因为驰目所见，两边都同样美好。我们心中好奇多过渴望。我们恐惧少而担忧多。这仅是一小部分征兆。老人结撰回忆录，年轻人忙着写简历。中年人保存一本日记，每天照例以天气开头。我们所栖身的时间叫作"现在"，距离生死同样远近。我们发现，此刻的太太还像记忆中的初恋情人或杂志内衣广告上身材紧实的模特儿一样迷人。

中年是一个平衡点，既不为青春所催促，也不受衰老阴影的掩翳，我们好像摆脱了时间的羁绊而自由漂流。过去和未来都看得明明白白。我们睡得好，梦得美，醒来精神饱满，凡事皆轻松以对。

想一想吧。我要对每一个愿意听我酒后胡言乱语的人说，想想人生，就好比美国本身。你从母腹的羊水中出世，就像你母亲当年在移民入境检查的艾丽斯岛。语言你不懂，饮食、风俗你全不知晓。你想工作但不能工作。你需要别人为你指路。最好的情况是父母来帮助你。你一路往西，梦想着黄金、发财和美好的未来。在宾夕法尼亚的波科洛斯的某处，你邂逅一个姑娘。在俄亥俄，你学会一些为人处世的诀窍。接着你也许会转向孟菲斯或新奥尔良，很快安定下来，或是继续北上到密歇根，去钓鲑鱼。但有一点，你不会偏离年轻时定下的西行目标太远太久。加利福尼亚黄金遍地，美女如云。加利福尼亚意味着好莱坞，天使城。一旦到达，就舍不得离开。

也许在圣路易斯过河之际，你开始觉得，那个在宾州带上的姑娘和你这个身怀大志的人相比，未免太落伍。也许是她为了往日邻居甩了你，或转而追随一个来自洛基山区有钱又能说会道的小伙子。你只好自我安慰，说是抛下了一个大包袱，然后轻装前进，永不回头。在赌城拉斯维加斯，你有点无法自制，居无定处，买一辆敞篷车，接受输得精光的命运，一路出城开进沙漠，终于领悟到，最大的敌人还是自己。你怀想儿时的朋友，长辈们垂垂老矣，或已作古。你一直回忆着初恋情人的玉肌冰肤。你一个劲儿地打长途电话。在你一生中，你第一次放慢步子，尽情欣赏大峡谷的美景，口里念叨着"当我像你一样大的时候"和"二三十年转瞬已过"之类的话。那些日子如此美好，你痛心凡人终有一死。

如果沙漠、高山和荒野都没有要你的命，你就到了加州。一切全变了，万事都不如从前那么重要。你告诉每一个愿意听的人，这完全不是你千里奔波梦寐以求的地方。和别的地方没有区别。有人劝慰你说，路远回不去了。如果一切到此为止，你很容易挥手作别，迷恋上圣塔芭芭拉的长码头，你的后人将长久怀念你，隔着时间的千山万水为你伤怀。

当然啦，你人生的中途还是在堪萨斯。堪萨斯土地平旷，一望无际，你一眼能看出几英里远，能看见星星出现在夜空。你置身于童年和老年之间，起点和终点之间，你的布朗克斯和圣塔芭芭拉之间，前瞻和后顾等量齐观，已做的事和未做的事各占一半。挺直腰杆，表情放松，这是堪萨斯，它只能持续片刻。你认出堪萨斯的土地，你已进入中年。把现在的年龄乘以二，就是你的寿数。如果此时你20岁，你的寿数就是四十。如果你已四十，那你有福了，准备着为重孙们起名字吧。很简单的理论。代数，历史，地理，没什么神秘的。

这个理论初现雏形是我18岁的时候，我正为前途费思量。我在大学读书，对于服兵役并不急于逃避，而是压根儿没把它放在心上。那年头越南是死亡的同义词，好比今日的癌症。一个年轻人最大的事就是会不会被征召参加越战，而这又得由尼克松政府发明的抽签法来决定。写着一年里的日子的纸条被放在盒子里让人摸，摸出的顺序决定摸签人的入伍顺序。你的品德问题与你的生日息息相关。抽签时我还在学生会打牌，抽出我的号码是254。大家都说，150号以后的人不会被召，我铁定躲过了一劫。我不须再为未来操心了。我想当诗人。我刚发现叶芝。我还想成为西蒙和加芬克尔那样红的民谣歌手。我会弹吉他。此外我还考虑过当教师，一瞬间的念头。我觉得考一个

172

殡葬师执照没有坏处，万一我拿不到唱片合同或者普利策奖。我满脑子想的都是自己。

对于自己的未来，只有一件事我敢肯定，那就是，我希望在约翰娜·伯卓或与她差不多的女人的怀抱里度过一段快乐时光。约翰娜好久不理我了，冷淡得像个修女。在修女眼里，唯一美好的躯体是一具死者的躯体：基督的，圣斯蒂芬的，圣赛巴斯蒂安的，圣桃乐丝的，圣女玛丽和那些殉道者的。在五六十年代的教会学校，爱与死不容置疑地紧密相连。所谓激情，指的是为神圣事业历尽折磨而死。教室里布置的，人心里被灌输的，是满坑满谷的十字架、殉难图、园中哀悼和无以名状的迷狂，全都是为了爱。约翰娜是意大利人，天主教徒，她的激情较之圣凯瑟琳有过之而无不及，她发泄激情的方式是最世俗的一种：把对一具躯体的最亲切的迎合延续到另一具。我的未来似乎丰富多彩却无定形。

当时我住在父亲的殡仪馆，不是我现在经营的这一家，是从前的那一家。我忙着搬迁，夜里接报丧电话。有天晚上，一个女人来电话说，她儿子"自杀身亡"，遗体在郡医检官那里，明天上午验尸，要我们去善后。第二天，我去把尸体运回殡仪馆，一解开裹尸布，顿时惊呆了。尸体胸部的 T 字切口并无异常，那是标准的尸检痕迹。但取下包住头部的塑料袋之后，我看见一张变形得离谱的脸，一块头盖骨整个儿不见了。事情是这样的：他酒后赶到女朋友家。那姑娘一两个星期前跟他分手了，而他呢，一直纠缠不放。他喝酒太多，到了姑娘家，求她改变心意，她自然不肯，说是没办法，只能和他"做普通朋友"……于是他硬闯进去，冲到她父母的卧室，从壁橱里取过她父亲的猎枪，躺在床上，枪管塞进嘴里，用大脚趾扣下扳机。据那姑娘说，那是个"令人难忘的姿势"。

我站在桌前看着他，想象他自杀的姿势，他看上去模样怪极。脸部鼻梁以上被子弹炸开，像一只从车上掉下摔破的西瓜或邻家孩子砸烂的南瓜。后脑勺几乎没了。这个小伙子，用死向所爱的女人最后一次倾诉：别把我忘了。她肯定忘不了。我也一样。但他的表达却不大合逻辑，而且有意含糊其词。他是想一死百了，还是仅仅希望摆脱失恋的痛苦呢？唯有"我想死"这个意思表达得最明白，我们只能为之长叹。

深留在我脑海中的另一个印象，是死者的双眼一只朝东一只朝西，这是由于枪把脑袋崩裂而造成的，看起来却像是刻意求取观察的平衡：一只眼眺望未来，另一只凝视过去。通过这一精心安排的姿态，把自己的生前身后交融在一起。不过在眼前这个例子中，观察是说不上的，因为人已死了。于是我引申出一条理论：观察和平衡不可强求。暴力不是观察的方式。枪帮不上忙。观察力是慢慢培养起来的，就像木头之于树。躺在瓷釉台面上的这个人，他牺牲观察换取眼力，牺牲生命换来一种姿态。他看上去模样滑稽，严重变形。从此以后，尽管我也曾感到无助、无望、难过和忧伤，就我记忆所及，一生中再也没有遇到如此惊心动魄的自杀。

游走于过去与未来之间，在时间的深渊上走钢丝，对我而言，成了生存的方式；努力在生与死、希望和悔恨、性与无常、爱与恨，所有对立和近似对立的事物之间保持平衡，它们就像航道上的险滩急流，一个不慎，就有灭顶之灾。

若干年前的一个晚上，我们刚有过床笫之欢，她躺在我身旁抽烟，我头枕胳膊眼望窗外。10月底一个星期二的夜晚，月色皎洁。这是万圣节之夜。当天上午母亲下葬。一个好女人，死于癌症。天气灰蒙蒙的，心碎的亲人肃立在"圣墓公墓"，看着灵柩缓缓放进墓穴。牧师喃喃诵经，风笛吹奏着哀乐，树叶在头上一片片飘落。好长的一天啊。我一直回忆母亲因病而丧失的声音。想到再也听不到那种柔和的声音，充满智慧、予人安宁的声音，不禁悲从中来。

那个夜晚，躺在床上，我突然有所领悟。在那个生我养我的女人的遗体和这个让我领略生命的欢乐的女人的柔软肢体之间，我一瞥之下，看到我自降生人世以来的一切经历，也看到直至我长眠之日的那一段未来。

以这一瞬间为分野，两边的生活同样充满痛苦和温情，浪漫和伤害，笑与哭，守灵和告别，做爱与寻欢，宛如堪萨斯平原上神秘的风景，我的心被哀伤与渴望充盈了。哀伤，是为了母亲；渴望，是对将伴我余生的女人。在这么一个时刻，过去不再成为牵挂，未来也不再使人恐惧。

10 月份我满 41 岁。我时时忍不住搬弄数学、地理和生物学那一套，把生命的经历纳入一定的范式，说它如此如此。但自从这一夜，沉浸在爱我的女人们的真情里，我彻底失去了对数字和简单模型的兴趣。生命的奥秘无穷，我还远远没有窥到门径。

前瞻与回顾看来都是浪掷时光。只要我还抱着把握过去和未来的念头，此时这一瞬间就是我要把握的，就是过去，就是未来。这一瞬间让我看到：云飘过月亮的面庞，灯光在雕成怪物之头的南瓜灯里闪烁，落叶随风飘舞，无名圣徒离去，爱给人安慰，而灵魂在肉体难以企及的天上歌唱。

艾迪大叔的公司

在数学考试中，用的不是"答案"，

他们应当径直称之为"印象"。

如果你得出的是不同的"印象"，那又怎么样？

难道我们不能皆成兄弟？

——杰克·韩迪，《深思集》①

　　艾迪大叔打算申请一个800免费商业电话号码。他的副业，清理自杀现场，眼下势头挺旺，生意应接不暇，飞虫似的一落一片。他需要另开一条电话线路，设计公司商标、标语和磁性名片。他来找我——他的大哥——出主意，我挺感动。

　　"你觉得1-800-Suicide（自杀）怎么样？听起来太可怕？太直白了？"

　　"这个，艾迪……"

　　"要么换成1-800-Triple S（三个S）？你知道，三个S代表特别清扫服务（Specialized Sanitation Services）。"

他心里特别希望，SSS 有一天会像代表全美汽车协会的 AAA，代表万维网的 WWW 和代表黄色电影的 XXX 一样出名。艾迪大叔常说，看着这些标志，让他从心底为保障言论自由的第一宪法修正案感到骄傲。

我想，他的业务恐怕太"特别"了，知道有这项服务的，只有州和地方的执法部门、郡医检官和殡仪馆；需要提供服务的，只有死者的家人或房东。室内自杀，凶杀，意外事故，以及其他自然灾祸，这些就是需要艾迪大叔及其三 S 公司的雇员——他太太、他的高尔夫球友、球友的太太——收取适当费用，提供特别清扫服务。这样的业务虽然在电话黄页上找不到，但毕竟是一项需要人做的苦活儿。

"其实呢，申请到什么号码就用什么好了。艾德，申请一个尾数是几个零的也不错。"

听到这话，艾迪大叔脸色变了，有点惊讶，有些茫然，一副古代玛雅人面对生命之无常而苦思不得其解的模样。

若是几年前，艾迪这活我会分文不取替人家干。当初，我搬到米尔福德还只几个月，某天半夜，当时的警长——我在扶轮社的一个伙伴，打电话到殡仪馆，问我有没有人手去接一个"难活"。他说："你知道，现场实在惨不忍睹。"

"在高原路出了事，太可怕了。尸体已送到停尸房，你来把它整整吧。不好好处理一下，没法让亲属们回来。实在糟透了。"

警长一定觉得，殡仪馆应该专设一间办公室，挂上"难活"的牌子，里面坐着专门收拾这类烂摊子的专家。

　　我说："嗯，专门的人当然没有，不过我马上过去，找韦斯来办。"韦斯就是韦斯利·莱斯，我们的首席遗容师，老式学校出来的，习惯了深夜处理突发事件。

　　警长介绍的情况大致如下：高原路那栋错层式住家的屋主人，对于老婆和其开按摩诊所的老板有染越来越不堪忍受，自杀了。偷情的事不是很清楚，大概开头也就"服务一下"什么的，后来就一发不可收拾。

　　"唉！"警长叹道，"该死的三角关系。"他朝屋前人行道上狠狠唾了一口。"女人带孩子去了她妹妹家，说是未清理干净前决不回来。"

　　通过现场查证和未亡人神情激动但不失明晰的陈述，警长弄清了事情经过。那天晚上，老婆先上床，声称要在头上卷海绵发卷。这是他们之间的某种暗语，意思是，今晚她不想做爱，而要打扮得漂漂亮亮的，明天上班让老板看。戴绿帽的丈夫听了，一言不发，独自坐着喝闷酒。一瓶邓菲牌爱尔兰威士忌喝完，将老婆的安眠药吞个精光，然后打开抽屉，找出那把复活节、感恩节和圣诞节才有机会一用的布莱克-德克牌电动切肉刀，拿到卧室，插上床头的电源，在女人身边躺下，牙关紧闭，将嗡嗡飞转的刀口对准脖子，切断了两根颈动脉和颈静脉，直到切进食管，人已断气，才松开开关。女人早已睡熟，男人上

180

床，电刀飞转，男人弄出各种响动，都没能惊醒她。惊醒她的是男人汩汩直流的热血，流得满床都是，她的身上、头上、发卷上，都沾了血，床单、床垫、弹簧褥子，几乎湿透了，血一直流到地毯上。女人被热乎乎的鲜血弄醒，还以为是在做梦。

韦斯和我一直收拾到天亮。地毯、床垫、弹簧褥子、床下塞满的丈夫的软色情以及狩猎和汽车杂志，女人看的产品目录和《时尚》杂志，一股脑儿搬出去扔了。梳妆台上的小件用品逐一用洗涤剂洗干净，擦掉电话、闹钟和彩电上溅的血点子，用在地下室找到的油漆把除了天花板以外的地板和墙壁整个儿粉刷一遍。由于血把地毯和衬垫浸透了，硬木地板上留下处处污斑，我们擦了好一阵子，擦不掉，留下一条浸透漂白剂的毛巾在那儿，走了。

韦斯缝好尸体，给他穿上一件高翻领汗衫遮住脖子，估计对付着能放在棺中供人吊唁了。可是嘴巴不太好弄，因为死者为了忍痛而紧咬着嘴，扭曲得厉害，正如你在电影上看到的那种——伤员动手术取子弹甚至截肢时，人们给他喝口酒，让他咬一块橡皮，他就死死咬住，咬得脸都扭歪了。

可怜的死者，正如他一个远房表亲所说的，看上去"死意已决"。

在所有成功的自杀行为中，"死意已决"是最突出的特点，这也是我唯一佩服的一点。如此决绝地、毫无逆转余地地伤害自己，需要多么坚定的决心！坚定与否，是区分真正的自杀者和一时起意的寻死者的标志。谁没有在脑子正常的情况下，渴望从出逃和消失里寻找几次慰藉呢？因为生活小事，因为完成不了作业，因为身体检查发现了毛病，因为失恋，因为怀孕而一时想不开的人，和一门心思赴死的人，是不同的。其中的区别微妙却不容小觑。后者是极少数，前者则司空见惯。

至于凶杀也是如此。说真的，假如我会发疯，我的疯狂是攻击型而非抑郁型的，我更倾向的是毁灭别人，而非自我毁灭。和多数殡仪员一样，我心里藏着奇怪的念头，觉得有一天，地球上就剩下我一个，卸掉了悲惨而又有利可图的担子，不再掩埋他人，这时我升入天国，一生中第一次，所有账单全部付清。是啊，我们常常暗自希望别人都死掉：离异的配偶、牙齿保健师、政府工作人员、高峰时间一块挤车的乘客、街头少年、电话推销员、电视布道家、外家亲戚、父母、毫无关系的陌生人（我们之中，有谁不是呢？），无不一度成为我们杀人冲动的对象，但我们绝大多数都不会杀人，因为我们明白，气得想杀人和真的去杀人毕竟是两码事。

虽然如此，将痛苦外泄到他人身上和内泄到自身的冲动犹如学生姐妹，不论我们凡事归罪于自己还是别人，我们仍然处于这个痛苦不断的世界的中心。他杀和自杀是同一首悲歌两篇不同的歌词，其病理几无二致。

杀害自己同类中的一个——自己，或者别人——无论如何，在那一瞬间需要坚定的决心和冷酷无情，置一切反对的声音于不顾。当然了，很多反对声音出自习俗和制度。政府立法禁止杀人和自杀，宗教经典明确宣布杀人和自杀是不道德和不可宽恕的。他们说，生命是神圣的，具体到每个人均是如此。生死予夺是上帝的权力。环保人士将此观念推及其他濒临灭绝的物种，如飒鱼、蜗牛镖、猫头鹰和榆树。这是政客和神学家的职责。但值得指出的是，存在着法律和宗教性的例外，如圣战和死刑。以上帝、正义、宽恕和自卫之名进行的他杀和自杀，虽然背离了准则，却被认为是可以接受的。

但更响亮的却是我们自己的声音，那是我们的自我本能，心理的、生理的、灵魂的、社会的、智慧的本能。没有旌旗，不设偶像，每个生命都在与死亡抗争。每个曾经拍死过野蜂，抓过鱼，射杀过野兽，在垂死者身边陪坐过的人，都知道，生命——在细胞层次上——是如何激烈地反抗死亡。有什么自我们的内部发出声音："不！不要！"

我们在殡葬学校学过，生物肌体在死亡发生时，立即开始发热，此一现象称为"死后生热"。细胞继续分裂，进行新陈代谢，交换氧气和蛋白质，一切照常进行。但由于呼气、出汗、流泪和放屁等排泄性的活动终止，肌体过热，细胞因此停止工作：时间已到，该收工了！之后，已死的肌体慢慢冷却到室温，比活人的体温低差不多三十华氏度，所以人常常会问：为什么凉透了？

因此，死亡有多重意义。听诊器和脑电波仪测出的，叫

"肌体死亡"；以神经末端和分子的活动为基准确定的，叫"代谢死亡"；最后是亲友和邻居所共知的死亡，"社会性死亡"。

同样，出生也有多层意义，从怀孕（代谢的）到出生（肌体的），直到命名和洗礼（社会的）。生与死的多层意义的排列顺序非常重要，我前面所排列的便是人们所习惯了的顺序，它显示了我们对于接受新发生的生与死的准备和意愿，有的过程只有几个小时，有的几天，有的则长达几星期甚至几年。对出生的婴儿，在确定他能存活之前，不会为他取名和施洗。随着时代的进步，为孩子命名和施洗越来越早。同样，在确定一个人确已死亡之前，我们不会急于安葬——古人这么做，旨在防止"活埋"。丧葬礼仪的大部分，都在"唤醒"① 死者的努力之后进行，就是为了确定死亡的事实。

在各种文化中，在不同历史时期里，葬礼的目的，均在劝导亲友正视和接受死亡的事实，意义与新生婴儿的洗礼相同，区别仅在于后者的目的是接受生命。围绕着出生和死亡的仪式，为妥当而理智地应对两件人生大事提供了一个范例。

与此同时，关于生死的仪式还满足了人类在礼仪、象征和实践上的需要，满足生者和死者的需要，新生命和家人的需要。在生命的此端，我们宣告：他活着呢，好大的味道，得赶紧洗洗。在生命的彼端，我们回应：他死了，好大的味道，得赶紧

① 英文之"守灵"（wake），本意为"唤醒"。

洗洗。自我们从茫茫宇宙、上帝的伊甸园或原始的泥沼中诞生以来，我们把生死的循环称为"自然之道""神的意志""伟大的轮回""生命的本质"：人生人死，人爱人哀，人育人灭。上帝创造了自然也好，自然创造了上帝也好，由自然或上帝决定的死令人厌恶，而同样由他们决定的生却是由衷的欣喜。尽管如此，对于生死，都存在着不同程度的矛盾心理。生，不可能是百分之百的欢乐，不可能了无忧虑；死，也不一定只有恐惧，而丝毫不带祝福和安慰。我们承受，接受，视之为合理的、仁慈的、适时的现象。可是直到如今，生依旧是无限的欢乐，生命的奇迹，死却仍被当作不速之客，黑暗的天使，阴森的手持镰刀的凶神，暗夜里的窃贼，一句话，死就是他妈的王八蛋。

秩序一旦被打乱，就违反了自然，我们就陷入悖逆之中，我们的时序观念就彻底混乱了。如果"社会性死亡"跃居"肌体死亡"之前，一个人就有可能被"活埋"；如今则会有相反的情形：在疗养院里，悄无声息地，因为并不致命的病因撒手而去。我们宁愿自然之手稍稍赶在我们做好心理准备之前将他们攫出尘世。大病之厄难逃，人们常常归咎于医学，归咎于其新技术的无能为力。哦，实在不必。该离开时就离开，顺应自然之道吧，尽管其结果并非完美无缺。

对于生命的另一端，当局面不由我们来控制时，我们却不那么愿意听任自然或上帝的安排。科学技术使人得以计划和控制生育，可以避孕、堕胎，选择婴儿的性别和头发的颜色，对此，人们坦然接受，从无疑问。没有经过这一切安排的出生，在过去，本是不言而喻的唯一途径，如今被看作是意外，是伤害，是惊讶。听说谁谁不期而孕，大家咂舌不已：老天！人们总是祈求更多更多的"选择"，就是不肯听天由命。

如此说来，人们责难自杀的理由——违背自然，违背上帝的意志——用在出生这一头，同样可以理解，可以接受。所谓"控制"和"选择"（即生育控制和生育选择），意思无非是，我们应该和上帝耍着玩，我们得捉弄一下自然。

我们痛恨杀戮，即使是那些为宗教和法律所容许的杀戮，是因为杀戮同样扰乱了自然的秩序。在反战、反死刑、反堕胎和安乐死的队伍中，打出的标语上写着："生命的意义和价值不容否定。"但支持政府发动战争和执行死刑的人，却经常反对"选择"和"有尊严的死"的权利，一如那些支持堕胎和自杀者反对越战和海湾战争，反对用毒针处死连环杀手。

更微妙、更令人困扰的事实是，战争的动因常常出于贪婪和荣誉，而非人道主义的目的；堕胎也往往为性别、种族和社会阶级的原因所左右；安乐死的背后，有时候则掩盖着种族灭绝、虐待、漠视和残杀的事实。我们所谓的"选择"，好的并不多。

19世纪的上半叶和下半叶的巨大分野，正是基于对生命和死亡的思索，基于生死之间的相互转换。技术进步的同时，人类丧失了对伦理问题的兴趣，而伦理道德本该永远与时俱进。

186

由于科技的进步，我们模糊了生与死的界限，然而技术虽能教会我们"怎样做"，却不能告诉我们"意义如何"。不仅如此，我们也不再相信我们的本能。觉得事情是错的，我们会因为困窘而拒不说出，如今连感觉是对的事情，也不再会直接说出来。在多元化的旗号之下，每种观念都一样有价值，再荒唐的诉求也要组成一个委员会来审查，举行听证会，而且要耗同样多的时间。客观现实附庸于具体的人和情境。没有客观现实，只有你的现实，我的现实，他们眼里的真相，我们没法弄清到底什么是现实和真相。我们按照合法不合法、政治上正确和不正确、机能的有效或失调，按照它如何影响到我们的自尊、顺应我们的感觉，如何应对下一次选举或者市场如何反应等规范，把我们的个人问题分门别类。当人们为了相关人员的相对利益，将各种事情都按这种方法来处理时，那些更宏大的问题——关于存在的问题，关于生死大事，关于谁活着、谁已永别人世——所需要的却是我们最珍贵的本能、最敏锐的直觉、最明晰的智慧，以及真诚。这种真诚来自我们的参与感，不是来自某个团体，也并非出自某种性别、宗教、特殊利益集团或种族，而是源自我们作为整个人类一分子的参与感。

到此，对话看起来陷入了怪异的静默里。是不是因为我们太忙碌，或者是根本不在意？我们是不是情愿把这些问题都留待专家来解答？

我们这代人，人口统计学上所谓的婴儿潮一代，应当谨记，存在着这样无奈的讽刺性的可能：计划和操纵生育的第一代，他们的死将操于侥幸逃脱了节育之罗网的子女们之手。我们的终老依赖子女们的选择，正如当初他们的出生依赖于我们的选择，根据同样不外乎简便、利己、五年计划，有效率、起作用、绩效高，可分享的时间以及所具备的财力。我们总是这么告诉他们：少就是多！也许我们不该糊弄大自然，我们只应当顺势而为。

"你觉得棒球帽和风衣怎么样？"

艾迪大叔在考虑选什么样的制服。

"深色，就是深绿色，现在正流行呢。再在金字塔形图案里绣上三个很有品位的金色 S。你看，又古典，又不过时，非常专业。你觉得怎样？"

我提醒他注意开销，一开始最好规模小点。先揽点活，赚点钱，然后再考虑制服什么的。我说："先学走后学跑嘛。"

一连串的"难活"让艾迪尝够了苦头。其中一例，发生在镇南公寓楼里的凶杀加自杀案，厨房里的家伙和大口径滑膛枪全用上了，对于三 S 公司，报酬固然不错，"岗位培训"的艰苦同样可观。艾迪已为员工买了手套、面罩、护目镜和一次性鞋套，又买下一辆面包车，当然也是墨绿色的，配备了木桶、拖把和清洗剂。他还购买了臭氧机，用以驱除现场的异味，并印制了合同和单据。他开设业务讲座，教导员工谨慎履行职责，发扬团队精神，熟悉业务技术，妥善处理有菌污物，防止细菌感染。他还筹划圣诞餐会，发红包，出钱为员工注射 B 型肝炎疫苗，为他们配备传呼机和名牌。

像艾滋病和酗酒一样，自杀也有一定的传染性。为什么？对此没有确切的答案。为什么不呢？我们这么反问，试图把这种反常行为纳入可理解的范围。要想让自杀显得"可以理解可以原谅"，只需将其视为危险病症的最后一种显著的致命症状，一种抑郁或忧郁症。但若要使之成为法律"允许的"、不可剥夺的权利，我们就得对生命的绝对价值提出质疑。生命的价值就得变成"相对的""可讨价还价的"，一个观念问题，可以任意解释。我们宣称它不过是一种观念，一个选择。"去死还是活下去"，就像抽烟和不抽烟，座位靠窗还是靠过道，沙拉配什么调料，喝什么酒，不过是个人品位、处境和环境的区别罢了。它只对公众舆论、地方法规和政治现实负责，不再听命于神和自然。

我们把很大精力放在生育和抚养子女问题上，分成这一派、那一派，各执一端，决不妥协。反观生死问题，鲜见如此争议。在子女问题的争议上，观点偏激的那些人互相责骂，往对手身上泼污水，满耳只闻污蔑攻击之辞，全不管在他们的喧嚣声中，持更温和意见的民众们根本没法提出自己所关心的问题。没人愿意静下来听一听，每个人都在大嚷大叫。

艾迪大叔的标语是：现场清理一净！请洽三 S 公司！他用金色的 22 号 MEAD BOLD 字体，把这句话印在深绿色的衬底上，附上 800 的电话号码（1-800-6684464），做成冰箱贴，半打一包，成包成包地寄给密歇根东南部的各个警察局、消防队、殡仪馆和停尸房。他在附信中还写了自己 24 小时开机的便携式电话号码，表示乐意与保险公司合作，声称拥有经过良好训练的专业人员，并提供免费的现场报价单。所有这些关键字眼，体液、血液感染病毒、人体组织、腐烂、蛆，以及消毒、复原、清洁和谨慎，充分解释了公司为何取名为三S，即"特殊清扫服务有限公司"。信的末尾是艾迪的签名，自封的头衔是：创始人兼总裁。

结果，诸事甫毕，电话已经打进来，起初一个月一两次，后来一周一两次。艾迪大叔说："他们拼命找我！"找他帮忙的事包括偶发的谋杀案，死了很久没发现的无人照料的孤寡老人——有个老头八月里死在小屋的地板上，过了大半个月大家才知道。从那以后，艾迪大叔的工作设备中又增添了地板打磨器和煤油。但大多数时候，三S的生意还得仰赖发生在人们家里的骇人且暴力的自杀案，否则难以抵销开支。

半年过去，经历了在卧室、浴室、地下室、车厢、旅馆房间和办公室的奋斗，艾迪大叔野心勃勃，计划去申请经营特许权，还想装备直升机，大大扩展业务范围。

1990 年 6 月，我们奥克兰郡出了位大"名人"，一个无业的病理学家、破产的电影投资人，杰克·科沃基安，把一个名叫珍妮特·艾德金斯的老妇人请上他的老爷车，开到往北几里远的格罗夫兰镇，拿出他发明的机械装置——一架命名为"死神"的自杀机器——告诉她开关怎么用。机器是用在车库甩卖中买来的旧零件拼凑成的，说穿了就是一架氯化钾注射机。艾德金斯按下按钮，机器发动，老太太一命呜呼。尸体被送到陈尸所，做了胸部和头部检查。科沃基安被捕，关进位于陈尸间楼上的囚室。珍妮特不久在常青公墓火化，杰克的照片则上了《时代》杂志的封面。他们各遂所愿。

只有艾迪大叔不开心，他指着报上的消息，脑门青筋直跳，怒气冲冲地大叫："这个该死的杀人医生是谁？干吗要毁我的生意？"

我说，三S公司不会受影响的。但我弟弟说，这是真正的威胁。他向来看得远。他接着解释道，这种旁人协助的自杀，不流血，不出乱子，现场干干净净，艾迪的特别清扫服务完全是多余的，水桶、拖把什么的，一概用不上了，就像打字机和电报，注定要被淘汰。"坏兆头已出现，"他叹口气，"只是个时间问题。"

我劝他先别灰心，科沃基安肯定会坐牢，要么被送进精神病院。注射毒剂是非法的。很明显，自杀算不上一种"治疗"，尽管对于摆脱精神、肉体和情感上的痛苦十足简单有效，但归根结底，杀人的成分比救人多。"协助自杀"如同历史上的"圣战"，无非是听起来漂亮的自相矛盾之词，意在把杀人装扮成慈善行为、一种恩惠，或高尚事业。人们很快就会觉得，要自杀，还是那些老办法靠得住：药片、煤气、跳河，或一把手枪。

近来的事态发展证明我错了，彻底错了，又错了。

到1996年底，科沃基安一共协助了近五十起自杀。提倡安乐死的人，提倡自助自杀的人，在互联网上你搜"自杀"就可以找到的，那些搭建网站的激进经验主义者，全都赞不绝口。人们把这类网站通称为"死网"（Death Net）。人们在家就可以尝试。

艾迪大叔说这不是自杀。自杀自古屡见不鲜。做生意靠的是这个协助。但珍妮特·艾德金斯不需要协助，至少不需要别人协助她死。她还没有衰老到咽不下几片药，扣不动扳机，发动不了汽车，拧不开煤气开关的程度，所有的传统方法都对她敞开着大门。她有足够的心理承受能力来克服对死的恐惧，这和我们对一切未知事物的恐惧一样。她的信仰使她相信，上帝或其他任何高高在上的神灵，能够理解她的所为。她唯一缺乏的仅仅是一声断喝，把她心中最后的一点犹豫压倒，抛弃那些部分由于本能、部分得自熏陶的"生命虽然不完美，充满痛苦，却仍然值得珍惜"的观念。杰克医生凭着他那套似是而非的理论，那架东拼西凑的"奇妙装置"，以及一大堆道德上显得不偏不倚的术语，使珍妮特变成他的"病人"，毒剂变成"治疗手段"，他所做的事变成"协助自杀"。这再一次证明了一项现代公理：越是弥天大谎，越是能骗人。借助于自己发明的设备，他提供的协助只是个"手段"问题。在北奥克兰郡，6月初的那个下午，在他面包车的后座，发生的事看上去并无异样，很自然，很正常，很正确，很欢乐，只是一个选择问题，受宪法保护的正当权利，也许某一天值得政府拨款资助。老太太启动机器，他祝她"旅途愉快"，就好像她正要去巴哈马或英伦三岛度假似的。

聪明人想的不见得都一样。这一边，杰克·科沃基安一心要扬名，如其律师所言，如今他的知名度快赶上圣诞老人了，脱口秀主持人和公共电视台都注意到他了。另一边，艾迪大叔从中看到的是最终的失败，在科沃基安的新世界秩序中，自杀和看牙一样不足为奇，到此地步，三S公司还能有何作为？

奥克兰的三次审判未能将科沃基安定罪，也未能限制他的行动；郡检察官被指责滥花纳税人的钱去起诉杰克医生，因而落选（科沃基安准备在选举日为辛辛那提的59岁的伊丽莎白·默兹注射毒剂，以此表示他对选民支持的笑纳。投票刚结束，他就把默兹的遗体送到了医院）；两家联邦地方法院相继作出认可协助自杀的裁决，还有人提议将案子闹到联邦最高法院。在此之后，艾迪大叔关闭了三S公司，冰箱贴、咖啡杯、棒球帽、风衣等，全部封存入箱，遣散员工，取消电话答录服务，卖掉面包车，最后发信给所有有过往来的机构，表示歉意。

一整夜我无法安睡，一方面替艾迪难过，一方面又想起我知道的那些自杀事件。一个男孩子吊死在树林里，尸体直到打猎季节才被发现；一个得知自己患了癌症的男人，手持猎枪，坐在地上，枪管顶着下巴足足想了一小时，决定把全过程用摄像机录下来，最后扣了扳机。他的头骨碎片嵌进木托里，他太太过了几个月才找出来，问我该怎么处理，又问我，为什么他一直把摄像机开着。

服毒的一群，多半是女人，她们用半瓶淡酒送下满满一把抗抑郁药。其中一位穿上婚纱，用香槟酒服药，恭恭正正书写的遗书后来扭曲得像虫子爬："对不起。我爱你。我实在太痛苦了……"家用有毒化学品，老鼠药，水管疏通剂，油漆稀释剂，漂白剂，全都能派用场——当我们看到她们的身体，白沫正从每一个孔窍里冒出来。

有一个姑娘是爬上水塔摔死的。起初大家以为是意外，后来检查发现，从臀部到足跟都摔烂了。医生说："人掉下来一般是头先着地。脚先着地说明是自己跳下来的。"他的结论：自杀。她的家人思忖，是我们做错了什么，或应该做什么、可以做什么而没有做，才把她逼上绝路的吗？不管是做了与否，在此后没了孩子的日子里，他们只能彼此为伴了。一个女人拿了一杆枪、一个电炉，挟持着刚会走路的孩子守在房间里，她考虑了几天，让孩子们带着一纸遗言走出房间，回到父亲身边，然后自己饮弹自尽。丈夫对她又爱又恨，终生难以忘怀。还有一位是我的朋友，他躺在别克车的排气管下，大口呼吸，直到断气。大家不明白到底出了什么事。要说原因，不外乎老一套：承受不了压力的父母们；丧失信仰；性倾向困惑；折磨人的疯狂；或者是天才的怪癖？不管怎么说，人早已去了。活着的人受到伤害，至今还在寻找答案，在他离去之后重重跌倒，在日后的生活里，脚步蹒跚。

每个自杀者都处在病态中，处在无法摆脱的悲哀之中。他们觉得事情难有转机，世上难找安全的避风港，他们别无选择，无处求助，只有早早了断。绝望使他们萎靡不振，毫无生气，无能为力又死气沉沉。有一次我在儿子的眼睛里看到这种表情，我不寒而栗，自那时起，我意识到，弄不好他也可能走上那条不归路。他因伤害而盲目地决绝，尽管有爱的一切，但那种漠然是如此决绝，他真的可能独自迈出最后的一步。对于这种坚定，每一次我都钦佩之至，同时感到恐惧。

这和珍妮特·艾德金斯的情况不一样。俄勒冈州波特兰的艾德金斯，还有威斯康星州贝洛伊特的琳达·亨斯利，伊利诺伊州斯科基的艾瑟尔·柯安，宾州的凯瑟琳·安德烈耶夫，新泽西州哥伦布的露丝·纽蔓，弗吉尼亚州切瑟的洛娜·D. 琼斯，俄亥俄州的贝蒂·洛·汉密尔顿，加州的帕翠西亚·卡什曼，约拿丹·D. 格伦兹，玛莎·珍·卢沃特，以及其他几十名来自外州和外国的人，他们决心去死却没有行动的勇气。在这里，在密歇根，有人替他们开煤气，替他们注射毒剂，我们称这种行为是"帮助"。

也许死乃是我们的本性，而非权利。我们有能力杀人，剥夺其他的生命或者自杀，但我们没有这个权利。当我们以上帝的名义（如我们在战争中的所作所为），以正义的名义（如我们的死刑），或名之曰"选择"（如我们看待堕胎问题时），而实施杀人的行动时，我们必须承认，不管它是什么，它肯定不是启蒙、不是文明、不是进步、不是仁慈，也不是天赋权利，而是耻辱、是悲哀、是灾难。国会的立法、神职人员的宣扬、公众的认同或者传统的智慧，都难以使人释怀。如果在我们生活的世界上，生命的诞生被怀疑，生命的价值得不到完全肯定，死亡受欢迎而且广受好评，这个世界就远比所有祖辈们的时代更可耻、更可悲、更可怕。我们的历代祖辈，为新生命的诞生而惊喜，为生命的快乐而歌舞，为死者而哭泣，这就是文明的表现。

就"杀"而言，自杀是不是比杀人好一点？当杀人者和被杀者本是同一人时，杀的罪孽是不是减轻了？自杀者也许成功地对我们其他人表示了蔑视，还会被天晓得什么样的神灵经营的天国所接纳，那么，有些事确实应由自己亲自来做。自杀，顾名思义，自己杀死自己，那就不应当请求帮助，不需要经营许可，不需要道德委托书或道德代理人。就好比，我有能力在邻家的玉簪花上撒尿，但这并不意味着我拥有在邻家花上撒尿的不容剥夺的权利；同样的，有能力自杀也不意味着有权利自杀。

很少人谈论这类问题。早晨和我一起喝咖啡的本地人——主要是男人，退休老人、检察官、小业主——他们不见得"支持"科沃基安，因为他们根本不关心此事。或许这只是时代的产物。即使当激动人心的审判结束，杰克医生又开始往医院送遗体时——用一位犯罪心理学家的话来说，他以此来保持自己连环杀手的形象，杀人，然后清理掉，同时渴望更大的冒险和刺激；即使从前判他无罪的陪审员开始发出疑问；即使杰克医生已经申请携带隐匿武器，却没人看来会为此担忧。当然了，死者几乎清一色的女性，都不是本地人，我们谁都不认识她们，而且都不年轻，吸引不了谁。

缺乏愤怒本身就值得愤怒。

我应当说出本来不想说的话。我不是说我们不可以自杀。我们当然可以。这是自由意志的体现嘛。同理，我们可以拒绝所有延长生命、防止死亡的治疗手段。整个人类将永远不必忍受这些不是出于选择而是出于经济目的的"特别措施"。我们不必等到垂垂待毙之日才这么做，我们今天就可以开始。只需说不，谢了；只需说再见。我并没有说，因此我们就进不了天国、去不了拉斯维加斯，无法消失在虚空里——随你怎么称呼那些地方。我也不是在建议大家都去忍受那些本可以减轻或消除的痛苦。

我的意思不是说，政府、企业、护理和商业领域的专业人士，已经为我们这个饱受惊吓、面临危险、急需帮助的族类尽力而为了。有太多的人终其一生都得不到最基本的物质享受和保护，而在我们国家，穷人太多向来被认为是丢脸的事，是不幸。当痛苦和煎熬发生在别人身上，我们总有无限的容忍能力。我们照顾部分远胜于照顾全体，善于拯救灵魂而不善于安慰罪人，长于杀戮而不习惯照料伤者。

专家如此，我们这些业余人士，我们做父母的，做配偶的，做兄弟、做朋友、做子女的，也好不到哪里去。我们对垂死的亲人弃而不顾，仿佛死亡已把他们变成陌路之人，照料工作交由医护人员，在后者眼里，将宝贵的时间用在一个不可能治愈的病人身上，绝对是浪费。

细心照料病危的亲人，而不是协助他们自杀，到底能否做得到？

我提出这些问题，不是因为我有答案，而是因为这些问题我们始终绕不开。那个拿着衣架在僻静的小巷被强暴的女人，尽管当时就获准合法堕胎，最终还是成了一个被痛苦摧残的废人。比起那些半麻醉地躺在床上，万般无望，连开枪和服毒都做不了，只得乞求别人来帮助自杀的人，她的命运更残酷。这不是虚构的故事，人就是这样活着的。他们是例外，悲惨的特例——可怜的百分之五，就像因为强奸、乱伦或保护母亲生命等理由而允许的那百分之五的堕胎。

有没有一种无须重陷无休止的争议而帮助这些不幸者的方法？一项"死亡权""选择权"或"协助自杀权"的立法？

我们必须用解决堕胎问题时从未使用过的方法来解决协助自杀问题吗？

争议各方都有一些人，提醒不要把协助自杀问题和堕胎相提并论。他们这样说，实际意思是，将二者相提并论，等于把政治和特殊利益混为一谈了。事实上，这样的对比有助于澄清问题的实质。堕胎也好，协助自杀也好，都是关于我们如何界定生命和死亡的意义，以及生与死的相对价值的，都是关于"存在"自身及其边界和范畴的，它们都涉及金钱和政治，涉及特殊利益团体，涉及那些一直在努力改变个人地位的人。和我们这个世纪的任何生活方面一样，协助自杀和堕胎也反映出同样的生存关注。重审过去有着安全和合法堕胎的二十五年，并不能告诉我们如何解决当前的问题，但我们确实从中学到，哪些是不该做的。

交由法律？我们只会得到一份新版的"罗诉韦德案"裁决，这项不成熟的匪夷所思的法庭判决，已使堕胎案双方那些抱着善良意愿而且深思熟虑的人彻底分裂，把他们变成了一群讼棍、轮椅说客、危险的狂热分子。正像一位显然已从过去的错误中得到教训的最高法院大法官所言："你们为何要寄望于九位大法官的决定呢？"

指望机遇？如果我们对困难问题畏之如虎，等待我们的，就只能是科沃基安，或类似科沃基安的更荒唐的人物，要么是一家改进版的新"三S"。这一次，也可能是"自杀支持和协助公司"（Suicide Support&Supply）。原来的标记照样用，口号还是现场清理，请致电三S！大批冰箱小磁贴寄往养老院、护理院、流民和家暴受害者收容所，以及老年痴呆症、硬化症、肌肉萎缩症和卢伽雷氏病（肌萎缩性脊髓侧索硬化症）团体。人们会议论纷纷：为什么让科沃基安占据了市场的一角？为什么只有病理学家和医生？为什么教士、学者、商人、农场主、退休政客以及新闻界不能参与？什么是苦难，他们一望可知。他们知道杀人意味着什么。事关生死，是什么使得一个医学博士比骨科医学博士、哲学博士、会计师、工商管理硕士和其他混蛋更有资格？说到底，如果有人来帮你完成一生中仅有的一次自杀，你是不是至少可以有个选择？你会不会更愿意要一个牧师而不是直肠病专家？一位哲学家而不是砖瓦工？一位诗人而不是殡葬师？你是不是更愿意捐献而不是付费？这里面有什么不同？

处死的方法，为什么只有注射和毒气，为什么不用绞刑？那也很好啊："站好，抬起下巴。就是这儿。按这里。"还有电刑："坐好了。放松。深呼吸。按这里。"屠牛用的气锤，小小的，握在手中就管用，也是一个选择："注意了。闭上眼睛。现在，使劲捏。"还有，老天，为什么不用枪？再可靠不过了，20世纪大部分时间，它是首选。其中最好的就是枪柄镶珍珠，银色子弹，微力扳机的点22口径史密斯威森手枪了。对准右耳垂下击发，弹孔很小，撕裂脊柱就在一瞬间，没有痛苦，很人道。子弹的出口，即使有，也很整洁，遗体安放在敞开的棺材里丝毫无碍观瞻。病人左手拿着一个装了一圈防弹网的垃圾桶盖，就能接住子弹和血肉的碎片。这个小玩意儿，套用科沃基安的

200

用词，不妨称作"清洁器"。这些子弹和弹壳，包装起来，做成很讨巧的纪念品，吊链、耳坠、脚环，提供给死者家属，会不会有市场？他们肯掏钱买吗？

假如人们有权选择死亡，选择有尊严的死，告别毫无意义的人生，摆脱痛苦、折磨和伤害，那么你怎能说，死的权利只属于一部分人，而不是全体人类？为什么仅限于那些得了绝症的人？酗酒者为何不可以？酗酒者的成年孩子、未成年的孙子，为什么不可以？那些受到性虐待的、受到丈夫欺凌的、破裂婚姻的受害者，心肝俱碎的伤心人，税务审查的牺牲品，他们为什么不可以？难道他们的痛苦是假的？他们的磨难一文不值？难道要由法庭、国会和教堂的某些人来裁定，什么样的痛苦才足够痛苦？我们面对的是患了绝症的人，还是患了绝症的器官？

如果法院在关于堕胎的裁决中，就"母亲的生命"这一用语作更宽泛的解释，使其既包括母亲的"经济生命""社会生命""情感生命"，也包括母亲的"教育生命"，以扩大妇女求合法堕胎的适用范围，那么，我们是否有理由期望，法院也会将行使协助自杀权的实践，限制在凌驾于生命之上的范围，也就是说，限制在绝症的情况下？还有，假如我女儿在致命的忧郁面前，正像在不情愿的怀孕面前一样脆弱，那么，认为她必须征得父母同意才能堕胎或自杀，乃是痴心妄想吗？她的隐私难道不该受到保护？她难道没有自主权？不享受同样的法律保护？

为什么这些都发生在女性身上？其中有何意义？在杰克·科沃基安之前，每 10 个企图自杀的人中，9 个是女人，而自杀成功——也许用"完成"更合适——的人中，男性占 5/6。男人显然更在行。除非我们换一种说法（按负负得正的原理），自杀失败其实等于成功。但在科沃基安的"致命"贡献中，女人足足占了 75%。她们平均年龄 57 岁，说明她们正处在更年期前后。这是势均力敌还是偏重于某一性别的死亡？是性别歧视还是平权行动？是择优录取还是以性别为标准？或者说，这是纯粹的女性问题，男人最好三缄其口，就像对待堕胎问题一样，仿佛生育只是女性而不是整个人类的问题。

　　当被人再三追问为何求助自杀的女性多于男性时，杰克·科沃基安带着惯有的漠然表情说："这是女士们自己要求的。"也许真是如此，但用这种不恰当的骑士时代的套话来回答，未免太傲慢、太想当然了。

　　而现在这些混乱且真正糟糕的问题，我们是不是宁愿没有人问起过？

　　每个人的答案只代表他自己。按常理，少数服从多数，然而多数人的观点也可能是错的，事实上也常常如此。多数为优是民主。正如我们不能仅仅因为想、因为能够理解并且找得出辩解的理由，就随便堕胎，同样，我们不能因此就支持"协助自杀"。对强奸案受害者、遭遇疾病或有可能致命的怀孕案例的女性来说，堕胎的理由有包括对个人生活造成不便、经济困难或在情绪上构成困扰等多种原因。对饱受疾病之苦的癌症患者而言，他们经历着深重的忧郁、强烈的不安，或诸如此类的负面情绪的同时，却至少还保有健全的身体，因此得以申请"协助自杀"。如果我们不能断然拒绝一个身怀双胞胎的女人因为她养不起两个孩子而堕胎的权利，我们就不可能阻止失业的年轻父亲或发现丈夫另有新欢的少妇寻求自杀帮助。只要堕胎服务有求必应，我们就能够期待减少或禁止助人自杀吗？

选择的权利既然受到尊崇，我们就必须为之付出代价。

生命神圣，我们就必须忍受生命之苦。

应不应该指望由市场决定一切呢？果真如此，问题就从"是否可以协助自杀"转为"谁有资格助杀""谁来付款""付现金还是用信用卡"，以及"收不收美国运通卡"了。

我当然会错，而且经常错。

我做好了应付各种可能性的准备。杰克·科沃基安和我都在盘算开诊所（杰克叫它死亡诊所），假如我不能击败他，我可以和他竞争。这对谁都有好处，能使价格降下来。我这么想，如果他要宣传推销自己的观点，上电视脱口秀，巡回演讲，那就够他忙的，哪还有时间守在家里做生意？

我承认曾经动过一个念头：在我的米尔福德殡仪馆，增添一个小而雅致的设施，镇民一定更喜欢它。两三千平方尺的地方，无障碍空间设计，宽敞明亮，到处摆上大地色系自然材质的大枕头，播放着新世纪风格的音乐。受过良好训练的员工，带着恰到好处的"专横"，随时帮助上门的顾客下定"结束生命"的决心。墙上的装饰导向明确，水彩风景画上印上真爱永恒、动手吧（just do it）的字样，充满怀旧感的内饰与整体感，令人想起幼儿园时教室的景象。自杀者十有八九是火化的——如果奥克兰郡的统计是可信的话——那么不妨安装几座焚化炉。在我们的"死亡诊所"，顾客有充分的选择权，选择范围包括遗体的处理，服务项目，主持葬礼的牧师，播放的音乐，棺材和骨灰盒。除了传统的火化和土葬，还提供将骨灰抛撒在外太空和在网上立碑的项目。当然啦，死的方式更是五花八门：手枪、毒药、塑料袋套头、上吊、跳桥、煤气。地点同样可以选择：在家里，在预先安排好的地点，如花园、公园、瀑布边上和阳台上，都近在咫尺。是否需要录像，由顾客决定。付款的方式，不消说，也有几种简便的方式。

巧的是，米尔福德殡仪馆坐落在自由街和第一街夹角，占了大半个街区，第一自由诊所是天造地设的好名字，又爱国，又有宗教味儿。或者就叫自由馆。"平安社会服务公司"也不错，三个字的开头都是S[①]。又一个三S公司。全部清理干净！等等，等等。

然后，由专人负责制定联邦监督实施的"有意义的生活"的最低标准，经过谨慎的检查，如果发现某人的生活低于此标

---

① "平安社会服务公司"的原文名为 Serenity Social Services, Inc。三个字的首字母都是S。

准，立即停发其养老金。生活一旦失去意义，就不应让它成为纳税人的负担。我们这一代的政客觉得，堕胎在经济上远比发放生育福利更实惠，孩子一代长大了，也会认为，协助自杀胜过老人医疗保险。这么说并非要求人们自愿放弃生命，但可能有助于教育他们，作为社会一分子，选择与责任无异。我敢打赌，在不远的将来，下一代里一定不乏愿意参加最低生活标准审定委员会的神职人员、政客和实用主义者。

有人会说："无聊的争论!"意思是，讲出来的都是废话。就仿佛事情并没有越来越糟，就好像重力根本不存在。

我们大多数人只希望在生死之间保持平衡。

杰克·科沃基安自然是个例外。历史会称其为先驱者，他的律师认为他应该获诺贝尔奖。他的油画像相当流行。他自己做电视脱口秀的日子还会远吗?

也许艾迪大叔一直都是对的。征兆早已出现，只是时间问题，也许根本不值得担忧。艾迪现在快乐多了，睡得足，也有时间和家人在一起。他一点儿不后悔。

对于关闭三S公司，艾迪大叔已经认命。他把那些古里古怪的设备全卖了，钱由他们夫妇和球友夫妇瓜分。800电话取消了。几个月后的一天晚上，他偶然想起那个烂熟于心的电话号码，忽然发现，它们在电话机上，按照对应的字母，可以拼成一个词:"空虚"（NOTHING）。彻头彻尾的空虚。

杰茜卡、「新闻猎犬」和棺材

在此，正如美国殡葬业的批评者常常挂在嘴边的，一句颇为适当的话是："当然，我所指的，并非绝大多数谨守职业道德的殡仪员。"但在本书中，我要谈的，恰恰就是这些占绝大多数的有职业操守的殡仪员。

——杰茜卡·米特福德，《美国人的死亡观》前言

她找到一家历史悠久、颇有声望的殡仪馆。为了省钱，挑选了一副最便宜的红木成品棺材。稍后，营业员把她叫回去，对她说，她的姐夫个子太高，这副棺材放不下，必须另换一具，价格贵一百块。我的朋友不肯换，营业员说："那好，还用红木的，但我们得锯掉他的腿。"

——杰茜卡·米特福德，《美国人的死亡观》第二章

一位殡仪馆业主曾宣称，他宁可将棺材白白送人，也不忍心赚那些伤心者的钱。但为时未久，他已在高速公路上竖起广告牌，上面是一个胸部丰满的少女，身穿白色比基尼。广告词写着："毕克斯比殡仪馆，让遗容更漂亮"，并一一列上他在都会地区各家分馆的电话号码。

我讲这件事，是要支持一种说法，人都有走运和背运之时。

大人物也不例外。

我想起海明威对诗人艾兹拉·庞德①的评价。海明威说，"艾兹拉只有一半时间是对的，可他要是错了，那可就错到家了，绝对不用怀疑。"问题是，是不是由于他同情纳粹，我们就连他改译的李白名作《长干行》也弃之如敝屣呢？应该用义愤来抹杀艺术的崇高吗？

同样的疑问也适用于毕克斯比前后两次令人难忘的言论。

或如我一直尊敬的一位牧师所言："作预言一如作诗，只要一会儿的工夫，但你得在其余的时间里自圆其说。"他这么说是有所指的。

说实在话，我干的这一行，必须脚踏实地，这不是为了保持平衡，更多是为了不让别人有怨言。

我卖棺材，装殓尸体，安排葬礼。

民意调查发现，老百姓对这一行当的看法相当矛盾。"我希望你能理解，我可不希望再和你打交道。"一位最满意的顾客这么说。我理解。

在街上随便拦住一个人问，他多半同意殡仪馆老板基本上都是骗子的说法，然后补上一句："除了我遇到的那位……他为

---

① 艾兹拉·庞德（Ezra Pound, 1885—1972），美国现代大诗人。同情纳粹，"二战"期间曾在纳粹电台进行广播，战后被判叛国罪。庞德崇尚古罗马和巴比伦文化，错误地在墨索里尼身上寻找他的古典理想。他政治上糊涂，诗倒是一流的。他甚至可以说是艾略特的恩师。他以惠特曼的继承人自居，正是惠特曼身上专横的气质成就了他，也害了他。他不懂中文，却翻译了一些中国古诗。翻译过程中的随意和创造性，使他的译诗具有原创的价值，最有名的《长干行》是各种选本必选的名作。

我叔叔（姑姑……）办的丧事，真是尽心尽力，像待自家人一样。"

厌恶整个行业，却认可具体的某一人，这是人类的通病。不仅殡仪员如此，在神父、参议员，乃至教师和外科医生身上同样适用。我们谈到时光："唉，生活真无聊，不过，有时候还……"；谈到种族："我有一个朋友是黑人（或其他少数族裔）……"；谈到性别："女人（男人）啊，你根本没法跟她（他）们过，可又离不开她（他）们！"

当然了，某些类别的人，如律师、政客、税务员，他们当中，有一些是根本不可救药的，而且我们也习惯了。对于政客，我们能说得最好的话就是："你知道的这个恶棍，比你不知道的那位还好一点……"我们谁会指望遇上一位"善良的"离婚律师，或对一位查税人留下美好的回忆呢？尤其是在当今。

还是回到棺材、死者和葬礼上吧。

说到棺材，我非常小心，从来不劝客人买这种买那种，这不礼貌，不利于做生意。我告诉客人，我卖的棺材，好的不至于能把死者送上天堂，差一点的也不至于妨碍他们离去。不至于把王子变成青蛙，或把青蛙变成王子。再好的棺材也弥补不了生前的冷落，便宜点的也不会一笔勾销活着的人对死者的爱、关怀和真情实感。

如果事物的价值能以其作用来衡量，或许有助于我们理解，一具棺材，能为死者"做"些什么。

我们多少人会想到"把手"？一个人死了，我们希望他身上有个把手，以便搬运，因为死人自己不会走。我一点不夸张。不信下次赶上有人咽气，你试试喊他起来，让他接电话，甚至替你倒杯冰水，开门让猫出去。他不会理睬你，因为他死了。

远古时候，把死人搬出山洞比换一个山洞住还困难。现在，搬家不像过去那么简单了，要去邮局改地址，要去煤气和水电公司改地址，买房子要付过户费。现在，死人必定要弄走。根据经验，越快越好。

搬弄死人是件悲惨的麻烦事。像许多其他烦琐事一样，向来交给女人去办理。后来，人们觉得这是件极荣誉的事，嘿，"抬棺"，仿佛某种宗教仪式上的角色，在整个行列中占了特殊地位，一种特殊行当，一身非常特殊的打扮。这样一来，抬送死人就不再是一桩烦人的苦活儿，而是一种荣誉，男子汉们满腔热情地抢过来干。

人类历史上充满了类似的事例。从抗击入侵的强盗，猎取动物作肉食，到近来日益专门化和复杂化的食品生产和托儿服务，莫不如此。

如果你寻思，从平凡的事物中发现光荣，妇女至少参与其中，也许还起了决定作用呢。你最好将此念头深埋心底。它不合时宜。

闲话少说，言归正传吧。

关于棺材，另一个常见的情形是，它总是平放着。这是因为制棺工人恪守人类倾向于水平放置的习惯，要知道，立起来、放在车上乃至倒置并非不可能，但人们多愿意平放。这也许要归因于重力、物理学或减少疲劳的原则。

平放的物品便于搬运，此外还要加上一条：棺材必须足够结实，承受得起几百磅的重量。倘若葬礼上棺底脱落，遗体滑出，那会是什么情景啊！所幸我从业多年，还从未赶上一遭。

你们有谁听说过这种事呢？

棺材是我们再熟悉不过的一个词。

普通的棺材（coffin），是一个窄窄的、八角形的长盒子，以木制的为主，形状和垃圾食品出现之前的人体正相配。它有盖也有底，将木板钉紧的螺丝多半是装饰性的。有的带把手，有的不带，但全都可以抬。盖子可随意开关。

"礼棺"（casket）呈更长的长方形，顶盖以铰链相连，遗体可安放棺中，也可敞开供人吊唁。除了形状，棺材和礼棺基本上没两样，木制居多，也有金属、玻璃、陶瓷、塑料和水泥等材料的，都分许多档次。

但礼棺除了基本用途还有别的意义，其中放置了许多珍贵纪念品：祖传故物、珠宝首饰、旧日的情书、亲人的遗物和小像。

礼棺之于普通棺材，好比坟墓之于洞穴，火葬柴堆之于篝火。你大概明白了吧？再举些例子，好比婉辞之于寻常演说，哀歌之于诗，家之于房子，丈夫之于男人，不可同日而语。

更重要的是，礼棺肯定了其包容之物的某种价值，肯定了死者对于他人的重要性。这个道理似乎不言自明，但我相信，也有人始终不会明白。

当高楼大厦毁于轰炸，飞机从空中坠落，当战争或赢或败，死者的遗骨真的很重要。我们把他们运回家，然后送别，用我们的方式、我们的礼仪，仿佛在说，未经允许，未取得谅解，未经我们表达敬意，你不能就这样离开。仿佛在说，我们希望有机会亲口道别。

礼棺和普通棺材都是盛殓死者的盒子，都很合用，与大多数盒子相比，他们都更昂贵。

因为我们纳入其中的乃是死去的亲人：故世的父母、儿女、兄弟姐妹和朋友，我们熟悉并深爱的人，我们熟悉并记恨的人，以及几乎不相识的人，然而我们知道，总有人认识他们并为他们哀伤。

1906年，约翰·希伦布兰德，一个德国移民的儿子，买下了印第安纳州东南部贝茨维尔镇上快要倒闭的"贝茨维尔棺木公司"。仿效运输业的变革，他从传统木制棺材转向防护性能更佳的金属货。贝茨维尔公司的口号是，"永久"和"保护"。时值两次世界大战之间及战后，阵亡将士的遗体源源送回国内，贝茨维尔公司适逢其时，大获成功。同样是世界大战，对英国人的影响却又不同。整个20世纪的上半叶，被炸得百孔千疮的墓地使他们觉得，再也无法保护死者的安宁了。于是，火葬流行开来，几乎"一统天下"。

行土葬的是那些安居乐业的稳定阶层，它表明一种态度：留给死者寸土之地，坟墓由生者尽心照管。在这种气氛中，"长久"和"保护"的观念深入人心。但到后来，随着人们的迁移日益频繁，心中的恐惧日益加深，加上人类破坏手段的巨大进步，火葬率在北美也上升了。

棺材应当密封以防空气和潮气的侵袭，很多家庭认为这很重要。而在其他人看来，则毫无意义。双方都有道理，谁也不需要解释。不过，贝茨维尔公司认为密封重要。他们在20世纪40年代首次设计出内有衬垫的"密封"棺，之后，全面推出价格档次不等的金属棺，有钢制的，也有红铜和青铜的。他们发现，内部规格为长6.6英尺、宽和高各2英尺的棺材，可适用于96%的人。

搞清了尺寸，明白了人类需要的是安全和持久，剩下的事就简单了。希伦布兰德兄弟的生意蒸蒸日上，压倒了所有竞争对手。贝茨维尔公司的产品无所不在。在电影里，在晚间新闻里，你会看见它们被从教堂里抬进抬出；在墓地，你看见它们被从灵车上抬下。在北美，一个人死了，躺在棺材里，那十有八九是贝茨维尔牌棺材。

我们陈列的棺材样品有二十来种，还有更多的样式，几小时就可以拿到货。我卖蓝色的，我哥哥蒂姆在邻镇卖粉红色的。我卖缝制的棺罩，蒂姆卖抽褶的。他卖的棺材上有"最后的晚

214

餐"的图案，我这边是圣母哀悼图。他的棺材把手上饰以玫瑰，我的则是麦穗。

你要什么样式，我们帮你弄什么样式。包你满意。

最便宜的一种，像放杂物的大木箱，胶合板做的，只需79元。桃花心木的上品，肯尼迪、尼克松和奥纳西斯家族享用的，我们也有，价格是8000元。最便宜和最贵的，其实没多大分别，一样可以抬、可以埋、可以烧。除了太胖太高的人，它们都容得下。只要付钱，两种棺材谁都可以买。

人类行事尚中庸而避极端。我们的存货自然以中间档次的居多。用图来表示，是一条钟形曲线，中间最多，两端渐次减少，两头最少。具体说，橡木棺材有三副，桃花心木的只有一副、红铜、青铜和不锈钢的各一副，普通钢材的则有六七副，但钢材规格各不一样。此外，还有樱桃木、枫木、白蜡树、碎料板和胶合板的各一副，白杨木的两副。棺罩有天鹅绒的、皱绸的、亚麻布和缎子的，饰以不同的悬缨和花边，而且有不同的颜色。只要你掏钱，一定找得到满意的品种。

我也许应当明言，我的货进价低而卖价高——当地电视台一位老兄，自称"新闻猎犬"，自以为了不起地查探出这一"事实"。他显然对零售和批发的概念一窍不通。就是这只"新闻猎犬"，还揭露过，"女童子军饼干"的销售所得，其中一部分并没用在女孩们身上，而是让上头拿去，当工资发给"工作人员"了。

"新闻猎犬"的灵鼻追踪不放的，其实是一道陈年残迹：杰茜卡·米特福德使之名声大噪，她得出一条也许不见得有多少创见，但却使她名利双收的结论——死者的亲属作为顾客，在讨价之事上处境不利。想想看，家里死了人，谁还有心思挨家比价？这就和站在被告席上的可怜虫或急性阑尾炎患者顾不上慢挑细选律师和医生是同一个道理。情势不容许。

后来有人大力推广"预先安排法"，博得一片叫好。殡仪馆老板计算着银行的进账，保险公司知道大部分开支皆须他们经手，自然也高兴。从已故的杰茜卡·米特福德，到从前的"新闻猎犬"，乃至崇尚简朴的大众，全都认为，趁着头脑清醒，内心尚未被哀伤和负罪感搅乱时做决定，再好不过。有人甚至突发奇想，说预先安排后事，等于一次提前体验，有助于更好地应对届时的烦恼、恐惧和无助感。这和计划生育以及婚前协议同样时髦。然而可惜的是，尽管牵涉到大笔金钱，对于感情，它毕竟无能为力。

我们一般都会得到这样的忠告：尽量不给孩子增加负担。这是劝人预先安排后事的另一条正当理由——免得让他们承受与我们这些殡葬人员打交道时的恐怖和痛苦。

然而，责任不由后辈承担，又该由谁承担？政府？教会？纳税人？还有谁？孩子本来不也是我们的负担吗？担负起责任，我们才会觉得活得充实，才能体会到爱、认识到自己的用处和能力，不是吗？

216

换句话说，如果办理丧事真是一个可怕的负担，到处是混乱，到处是凄惨，为什么非要让举步维艰、耳聋眼花的耄耋老人，而不是正当壮年、衣履光鲜、敲着电脑键盘、手持无线电话的未来财产继承人来承担呢？让他们到前线与殡葬师打交道，不是更合适吗？现在花的不正是他们将要继承的财产吗？这些决定不正是他们生活的一部分吗？

也许父母不放心他们做这件事。

也许他们不该插手。

也许他们应该插手。

我到米特福德的那一天，拉斯·雷德开始预先安排他的后事。我是在理发店认识他的。雷德五十多岁，身形巨大，六尺多高，四百来磅。年轻时在大学和职业球队打过橄榄球，相当有名气。他算得上一号人物，尤以行为放荡不羁著称，人们对他的事迹都耳熟能详。有个星期天，他在上城旧车行，把那里的一辆福特卖掉了，收了1000元钱现金，他告诉那个可怜的客人，周一上午办公室开门时再来取车钥匙和文件。拉斯根本不是车行的雇员，这事过了好久才被车行老板，一个虔诚的卫理公会教徒搞清楚。车钱落进拉斯的腰包，他抽烟喝酒吃肉，很快挥霍一空。还有一次，邻家一条整天乱叫惹人讨厌的狗，叫人一枪干掉了。狗被打死时，正是中午拉斯小睡的时候。邻居冲着在后院玩的拉斯的儿子大叫大嚷："我非把你老子揍扁不可！"吵闹声惊醒了拉斯，他从楼上窗户探出头，若无其事地大声说："本，我就下来。"他披了一件苏格兰呢外套下楼，走到本跟前，出其不意一记左勾拳，把本击倒在地，吩咐儿子"把死狗埋了"，然后上楼接着睡。万圣节是拉斯最喜欢的节日，他庆祝的方式非常"古典"，装扮成一个古凯尔特武士，头戴鹿角盔，身佩长剑。他身材粗大，胡子浓密，嗓门如洪钟，这副扮相能把前来讨糖的孩子吓得屁滚尿流。但传说拉斯发放的糖果都是整包整包的，有时还拿面值5元的钞票包着，所以，尽管他古怪，孩子们还是爱来。拉斯·雷德太富传奇性，人们讨论他就像议论古爱尔兰的英雄豪杰，如库楚兰，德尔德雷，梅芙女王，夸大之处在所难免。

当我第一次在理发店见到他时，他一进门，站在理发椅子前，背后的太阳都被遮住了。

"我敢说，你就是新来的挖墓人。"

黑西装，灰条纹领带，这身打扮使他这么猜我。

"不过，我死了轮不着你来折腾。"他语气挺冲。

理发师摸不清这对话的走向，退身几步把弄起滑石粉和他的修剪工具来。

我打量着眼前的大块头，厚实的一堆，压得人喘不过气来。我努力想象他桀骜不驯地横躺着时会是什么样子，脊背一阵发凉，忍不住皱了皱眉头。

我有点气愤地回敬道："你怎么知道我愿意料理你的后事？"

不打不相识，从此我们成了朋友。

他告诉我，他的遗体要捐赠给母校的解剖系，供"医学研究"用，让未来的医生们拿他练刀。

"不用校友们花一分钱。"

我说，他体形太大，学校不一定接受。他闻言颇感沮丧。说起来挺不好听，在我们这个富饶之国，供医学科研用的尸体从无匮乏之虞，流浪汉和其他倒霉蛋的尸体要多少有多少，而且肯定比拉斯"合用"。

拉斯不服："可我是纯正的美国人啊！"

我说："别拿我的话当真。自己去打听嘛。"

过了几个月，我正在殡仪馆外浇花，只听一声刹车的尖叫，拉斯在自由街停下了。

"好，你听着。把我火化了，骨灰用热气球撒到镇上。"我看得出，他经过了一番深思熟虑，"最少需要多少钱？"

我告诉他我们的起码费用：车辆、棺材和手续费。

他在凯迪拉克车的驾驶座上大声喊道："我不用棺材。"车子沿着路边缓缓滑行。

我解释说，用不着土葬那样的棺材，但即使是火化，也需要个容器，否则火葬场的工人不收。总得有个容器，上面有把手，好抬。他们不肯直接碰死人。这话由不得拉斯不信。其实我心里想，弄什么棺材啊，一个包装箱就行了，底下有块板，上面用东西盖上，便于叉车搬运。这样就够了。

"拉斯，租气球的费用，我只能大致猜测。这是最贵的一项。当然了，你得多打点预算。很快就要安排吗？"

拉斯大叫："别拿我开心，老兄！你说什么？全拜托你啦！"

我说，问题不在我这里，你得说服老婆和孩子。拉斯有九个孩子。我是为他们工作的。

"可这是我的丧事！我出钱！"

这就涉及权利问题。我费了不少口舌给拉斯解释。我说，随着当事人咽下最后一口气，财产的拥有权就转移了。丧事实际上是为遗属操办的。说准确点，是为继承人操办的，他们继承了财产，也继承了办丧事的权利和责任。怎么办，他们决定。

拉斯不干。"我现在就付你钱，付现金。我要预先安排好，写到遗嘱里。他们必须照我说的做。"

我劝拉斯设想一下最糟的情况：假如他太太和孩子把我告上法庭。我则拿出他的遗嘱和安排丧礼的文件，坚持把他火化，赶在一个街边商家大甩卖的日子，坐上热气球，把骨灰撒在镇中心。他太太玛丽泪眼汪汪，七个漂亮女儿个个紧握手绢，两个儿子笔直挺立，一齐向庭上请求，让他入土为安，由牧师主持仪式，把他葬在小山丘上，这样一来，什么时候想，就可以去坟前看看。

"拉斯，你说这官司谁能赢？回家去，先跟他们商量好。"

我不知他到底商量了没有。也许他被迫改了主意。也许这都是我的假设。我不知道。这是多年前的事了。

拉斯是去年过世的，死时正抽着烟，坐在安乐椅上看电视。

他儿子来叫我。我进去，看到烟蒂还在烟灰缸里闷烧，电视机上播放着晚间游戏节目，太太和女儿围在他身边哭，孙儿孙女们站在一旁。灵车开到，女人们一个接一个和他吻别。我们把担架拿进屋，在他两个儿子的帮助下，将他从椅子上抬起，然后抬出门，转移到殡仪馆，为他涂膏、刮胡须，将他安放好。我们都很惊奇，衰老和疾病使他萎缩了很多。他一点不费劲儿地睡进了一具贝茨维尔棺材。好像是樱桃木的，我记不清了。

在守灵那两天里，他的"英雄传奇"越来越神奇。老故事讲了一遍又一遍。乡亲们在他那布置得光怪陆离的阁楼里大哭大笑。牧师祷告之后，一位女士走出来，讲了一通上帝的恩惠和天国的规模。这位女士自小认识拉斯，每年万圣节都要闯一闯拉斯的家门。她提议大家分享各自的关于拉斯的故事。之后铜管乐队开道，高奏《圣徒们大步向前走》，直到墓地。说完该说的话，做完该做的事，玛丽带女儿们回家，接受亲友的吊唁。拉斯的儿子留下安葬他。他们脱掉西装，解下领带，喝口酒，抽支雪茄，把父亲埋进原先谁也没有想到会合尺寸的墓穴里。我事先征得教堂司事的同意，让他俩自个儿动手。

拉斯长眠在地下，他的好多故事还留在我们中间。每当我看到黄昏的天空上有大鸟形状的热气球飘过，便觉得仿佛是拉斯的往日传奇如雨一般洒下来，洒在我们——他的家人和老友身上，我们不禁低下头或仰面朝天，屏住呼吸，或笑或哭。

即使是最贵重的棺材，也不一定容纳得下所有我们愿意与死者一同埋葬的东西：伤害和原谅，愤恨和痛苦，赞扬和感激，空虚和欣喜，以及所有面对同类死亡时的复杂情感。因此，我办丧事，永远小心谨慎。自我来到此地，时间倏忽而过，每当有人去世，他们从来不会打电话找杰茜卡或"新闻猎犬"。

他们打电话找我。

在冬天上路

和我们一起分享吧——它将成为

你自己的财富。

现在就上路吧

我想你已准备好了。

我宁愿那是 2 月。这对于我,并非有什么重大意义,我也不是过分讲究细节的人。但既然你问我,那就 2 月吧。我第一次做父亲是在 2 月,父亲去世也是在 2 月。确实,二月甚至比 11 月还好。

我希望那是个寒冷的 2 月,我希望天空灰暗,就像树中全是木头,灰色是其本质而非偶然。在密歇根的严冬,对于春天、花园和爱情的希望,早已被摧残殆尽。

是的,2 月。在你周围只有寒冷。黎明和黄昏都是一派昏暗。风把寒气逼到人的骨子里。从那以后人们总是说:"那真是个阴惨的日子。我们好歹料理完了。"

大地铺着冰霜。破土之前,教堂司事不得不早早起来,点火烘烤冻得坚硬的墓地。表层的土烤松了,锄头才挖得进去。

为我守灵吧。让愿意来看的人来看吧。他们有他们的道理，你也会有你的。如果有人说："他看起来多么安详！"不要介意。他们说得不错。这本是我的天性，也在你的天性之中。

叫牧师来吧，让他们一展口才。如果他们的话能使你信服，现在正是时候。他们和我们一样，也在寻找机会。问题总是比答案更有意义。注意那些知道自己要说什么的人。

至于音乐，照自己的口味挑。反正我听不见，聋得像块石头。关于风笛和六孔笛，讲究很多。但要想想，这是一个只需要几段曲子的葬礼，不是一场为死人举办的音乐会。就算为你自己着想，千万不要播放像在牙医诊所或溜冰场听到的那些玩意儿。

有人可能会提到诗。我有一些诗人朋友。但我要提醒你，他们时常会出格，尤其是当着死者的面。他们探索的主题离不开性爱与死亡。一个有经验的殡葬师提供的服务才是最值得感激的。习惯了被人视为不受欢迎的人，他们有时反而能表现得像一个值得敬重的编辑，让那些缪斯的宠儿闭嘴。

说到钱，一分钱一分货，最好和信得过的人打交道。如果有人说你太抠门儿，叫他滚一边去。如果谁说你花钱太浪费，同样叫他滚，滚得远远的。那是你的钱，花多花少是你的事。但有一件事我要先说清楚：你知道有那么一种人，他们总是振振有词："等我死了，丧事从俭，留着钱干更有用的事。"我和他们不一样，历来如此。我一向认为葬礼有意义。所以，你觉得怎么合适，就怎么做。做你的事。多半事情要你自己拿主意。

说到内疚，它总是被夸大。在这种场合，事情很简单：我知道那些一直爱着我的人爱我，我也知道他们知道我爱他们。仅此足矣，其他的一切，无关紧要。如果真有内疚这回事，那么，原谅你自己，也原谅我。如果一场风光的葬礼能让你感到宽慰，钱也就花得不冤。与看心理医生和买药相比，与上酒吧和接受顺势疗法相比，与旅行散心和宗教治疗相比，再豪华的葬礼也不算贵。

我宁愿把雪地弄得一片狼藉，仿佛大地的伤口，仿佛它是被迫敞开胸腔，一个不情愿的参与者。别搭帐篷，只需面对严寒露天而立。什么大摆设都不用，那是喧宾夺主。有那位满身泥土、表情淡漠的掘墓人在就行了。牧师在对死者进行最后的赞扬时，他可以和开灵车的人谈谈牌艺，说个笑话，或者绷直了脸，装出严肃的样子。挂着铁锹挖坑填土的人，和依照习俗为死者祈祷的人，他们不分彼此，都是同一行当的专家。

你应当坚持到最后一刻，别想什么在温暖的房间、在墓地小教堂、在圣坛跟前与死者作文质彬彬的告别。别来这一套。不要因为天冷而逃避。坏天气里我们照样钓鱼，照样看球。事情不会太久。走到墓穴边，站在那里，看一看，想一想。觉得冷，但坚持到底，坚持到全部结束。

如果我有至亲的儿子、坚强的女儿，如果我有孙儿孙女，他们可以抬棺。这需要力气，需要承受沉重负担的力气。男人的肌肉用于搬抬，女性的力量则在于承受。这种工作，男女都需要。所以，你们应当勉力合作。如此一来，负担就不再那么沉重。

不信你看我太太。她性格坚强，内心世界博大，她有医病的良药。

该说的话说完了，降下棺材，松开绳索，脱下灰手套扔在上面，然后填土掩埋。小心别碰到旁边人的脚，在寒风中立定脚跟。耸肩缩头，目光向下，好戏正在底下上演。干完活，抬头离开。但必须干完活儿。

如果是火化，站在旁边静静地看。如果不敢看，我劝你再想想。站在能听见炉火的咆哮声和啪啪声的近处，试试能不能闻到一丝烟味。不妨凑近炉火暖暖手。这时候放首歌也不错。埋掉骨灰、炭渣和残骨，以及未烧尽的棺木。

把它们放在容器里。

立个标志。

给饥了的人们饭吃，不失礼貌。让他们吃饱。这样做会激发出一种情调，就像来到海滨，走在悬崖边的小路上。在那之后，保持清醒。

这不关我的事，我不会去。但如果你问我，我倒有个免费的忠告：你知道，有时候大家总是说，应当开个宴会，聚一聚，死者也希望每个人都开心啊，希望大家欢笑不断。这种说法我不敢苟同，我认为还是老话说得对：跳舞有跳舞的时候，眼前不见得合适。死者没法告诉活着的人，该有什么样的感受。

过去，他们整整一年都处在哀悼中。亲友们穿黑衣，佩臂纱，摒绝音乐，门上挂着黑色花环。谁家有丧葬之事，一目了然。整整一年，你尽可哀伤不止，梦见亲人，彻夜无眠，伤心、恼恨，哭笑不得其所，提到死者的名字就声音哽咽。一年时间在煎熬中蹒跚而过，你终于平静下来。人说时间是疗伤的良药，如果不这样，大家就会说你有点"不对头"，该去看心理医生了。

不管感觉如何，去感觉吧——解脱、宽慰、恐惧和自由，担心遗忘，对死亡的切肤之痛。结伴回家，将亲情投注到那仍在给予你亲情的人。有眼泪，有怒火，去找你信得过的人，向他诉说你的讶异，或干脆无言相对。挨过这段困难的日子，越快越好。对待这种事的唯一办法，就是挺身走过去。

我知道，我不应该这么讲。

我终生都在面对这个问题，因为我是殡葬师。

自己的葬礼不需要自己操劳，那是你们的事。当我死了，面对死亡的就是你们活着的人。

所以，一个很好的忠告是：别太在意。另外一个赠言是：一切安排，均合我意。相信我，除了一句"互爱"，我说过的其他话你尽可忘掉。

好好活着。

我真正需要的只是一个见证者。说我死了。说我——听上去很蠢——仍然活着。

如果人们问起，就说那是个悲惨的日子。一个寒冷的、灰暗的日子。

在二月。

至于你，选哪个月都行。别害怕，你知道该怎么做。现在就上路吧，我想你已准备好了。

致谢

　　首先感谢《伦敦书评》的约翰·兰彻斯特和《哈泼斯》的亚历山大·林格，本书中的最早几篇就是在他们那里发表的。其次是戈登·里希，他出版了我最初的诗和散文，我永生难忘。还有 W. W. 诺顿出版公司的吉尔·比亚洛斯基，她为这些手稿的整理贡献良多，使之最终得以成书。

　　我将永远感激乔纳森·凯普出版社的罗宾·罗伯森，一九八九年春天我们在都柏林认识，他是我的诗歌编辑，几年前在伦敦，他第一个建议我将此类文字结集成书。

　　此外，我要谢谢我的经纪人理查德·麦克唐纳，感谢他对出版此书所做的努力，感谢他多年的友谊。

　　我还要感谢所有在"林奇父子殡仪馆"工作的人，他们的敬业使我能抽出时间完成此书。特别要感谢我的兄弟爱德华，我不在的时候，他的工作加倍。他人如其名，非常认真尽责，是一个善良、高贵的人。感谢密歇根州海兰镇和米尔福德镇上的所有邻居和朋友，近二十五年来，他们信任我们，把家中后事交给我们办。一切生死故事都和我们分享，使我认识到，我

230

们对于彼此，是多么珍贵。在写作此书时，我深知尊重他们的隐私的重要。因此，书中的事实和人物，换了名字，换了地点，但终于在不辜负他们信任的前提下，讲述出来了。

同样，我也要感谢那些作家和朋友，爱尔兰的，英国的，美国的，感谢他们或多或少地允许我写到与他们的友谊。

感谢帕特·林奇、玛丽·霍威尔、梅丽莎·魏斯伯格、奥黛丽·科瓦斯基和马修·劳伦斯神父，他们阅读了书稿并提出宝贵的意见。

感谢波士顿 WGBH 公司的凯伦·奥康纳和奥克兰郡医检官办公室，我在"艾迪大叔的公司"一章中引用了他们的材料。我还要感谢墓地司事荣·威利斯，他是一个有思想的人，我们常就生死问题争论，他的驳诘使我的思路更加明晰。

感谢我的女儿希瑟·格蕾丝，儿子汤姆、迈克和肖恩，在一遍遍起草、修改作品的过程中，我看到了他们的耐心和宽容。

玛丽·塔拉了解我写作的全部过程，任何言辞皆不能表达我对她的感激之万一。